Giuseppe Gracia · Der Abschied

GIUSEPPE GRACIA

DER ABSCHIED

BUCHER

Für die wertvolle kritische Begleitung des Manuskripts
danke ich Antje Gracia, Adrian Riklin, Saida Keller-Messahli
und Michael Rüegg.

1. Auflage 2017
BUCHER Verlag
www.bucherverlag.com

Korrektorat: Robert Lackner
Umschlaggestaltung: Antje Gracia
Satz: Dietmar Waibel
Produktion: BUCHER Druck, Hohenems

Printed in Austria

ISBN 978-3-99018-400-4

Für meinen Bruder Fredi
1979–2007

«Denn die Lebenden wissen, dass sie sterben werden, die Toten aber wissen nichts. Ihr Lieben und ihr Hassen und ihr Eifern ist längst dahin (...) Alles, was dir vor die Hände kommt, es zu tun mit deiner Kraft, das tu; denn bei den Toten, zu denen du fährst, gibt es weder Tun noch Denken, weder Erkenntnis noch Weisheit.»

PREDIGER 9, 5–10

1

Wenigstens kann ich sagen, dass ich nicht feige gewesen bin, als man uns an dem Abend in Berlin, mit den hohen Gästen aus Politik und Kultur, hingerichtet hat. Mir wird übel bei der Erinnerung an den Literaturkritiker, der neben mir zu Boden gegangen ist, als wäre die ganze Wirklichkeit noch da, zusammen mit der Frage, warum ich überhaupt Erinnerungen habe? Warum ich nach der Katastrophe noch wissen kann, wie ich am Nachmittag den Flug von Zürich nach Berlin genommen habe. Wie ich am Abend mit Lichtenberger zu dem Anlass gegangen bin und zusammen mit dem Team des Ersten Deutschen Fernsehens das Kulturhaus betreten habe.

Immer wieder hat Lichtenberger versucht, mich zu solchen Anlässen zu schleppen, weil er Mitleid mit mir hatte. Immer wieder hat er versucht, mich ins Spiel zu bringen, mich als Schriftsteller in der Kultur-Oberklasse doch noch zu etablieren und salonfähig zu machen und meine Romane für die Bühne zu adaptieren. Aber er konnte schon damals, nach Veronikas Selbstmord – Lichtenbergers Schwester – nicht verhindern, dass man mich in der Kultur-Oberklasse zwar in Erwägung gezogen, dann aber doch zurückgewiesen und aus dem Literaturtempel verbannt hat. Weil ich es nach Veronikas Tod gewagt habe, eine eigene Religion zu haben:

für diesen Abfall vom Glauben der offiziellen Kulturkirche mussten sie mich exkommunizieren.

Mit diesen Leuten ist nicht zu spaßen. Sie fordern den vollen moralischen Gehorsam für die offiziell approbierten Kulturgottesdienste, die sie in ganz Europa verbreiten. Wehe dir, wenn du diese Liturgien in Frage stellst, welche die offiziellen Kulturkleriker zelebrieren, gemeinsam mit den Hohepriestern der Volkserziehung in den Redaktionen und Regierungen. Es ist verboten, das Weltbild dieser Leute nicht zu teilen und ihren Gesinnungscocktail nicht täglich herunterzuschlucken.

Aber warum habe ich immer noch diese Gedanken, wenn ich erschossen worden bin? Warum sehe ich den Saal des Kulturhauses vor mir? Über Stunden hinweg hat man uns in Schach gehalten mit Kalaschnikows und Sprengstoffwesten für das Jungfrauenparadies. Auf drei Bildschirmen haben wir mitverfolgt, wie die Welt draußen vor dem Kulturhaus in Aufregung geraten ist. Wie in Windeseile hochauflösende Fernsehteams herangezoomt kamen. Wie sie sich im umherstreifenden Blaulicht der Einsatzwagen postiert haben, um Kamerawinkel auszuprobieren und die alarmierte Nacht einzufangen.

Dabei hat bei der Ankunft im Kulturhaus nichts auf eine solche Entwicklung hingedeutet. Ich habe gedacht, dass nichts anderes als die Langeweile herrschen wird und dass es ein Fehler gewesen ist, mich von Lichtenberger herschleppen zu lassen, weil solche Abende immer am seelischen Ruin aller Beteiligten arbeiten, und zwar immer ganz gründlich und immer ganz unbemerkt, wie eine unerforschte Krankheit.

Schon in den ersten Minuten im Kulturhaus fällt mir auf, wie geschmeidig und höflich die Mitglieder dieser Kultur-Oberklasse gehen und grüßen und lächeln. Wie sie dir schmetterlingsleicht die Hand reichen und bereits an dir vorbei in die nächste Begrüßung flattern. Wie sie in alle Richtungen ihre frisch geduschte Bescheidenheit verströmen.

Lichtenberger, der solche Rituale gewohnt ist, bleibt während der ersten Stunde in meiner Nähe und versucht, mich mit verschiedenen wichtigen Personen bekannt zu machen. Personen, die Lichtenberger alle zu respektieren scheinen, weil mein Freund immer so clever gewesen ist, die Dogmen der Kulturkirche niemals in Frage zu stellen. Deswegen gehört Lichtenberger längst selber zur Oberklasse und wirkt an diesem Abend so geschmeidig und höflich wie die anderen.

Es herrscht eine sogenannte gute Stimmung, die mich überrascht, so dass ich mir plötzlich sage, dass es vielleicht doch kein Fehler gewesen ist herzukommen. Dass ich nicht immer so streng mit mir und den anderen sein sollte, um nicht die totale Verbitterung zu riskieren, sondern dass ich lieber versuchen sollte, mich für die gute Stimmung zu öffnen. Dass ich für eine solche gute Stimmung wenigstens empfänglich sein sollte, um mich von ihrer Leichtigkeit, wie ich mir vorstelle, tragen zu lassen.

Dass ich mir eingestehen sollte, dass mir solche Anlässe im Grunde doch etwas bedeuten. Weil ich immer noch, Jahre nach dem Glaubensabfall, die offiziellen Segnungen und Pontifikalämter der Kultur-Oberklasse begehre. Weil es mir an diesem Abend in Wahrheit gar nicht so schwerfällt, mit den Leuten anzustoßen, mit den Kristallgläsern und den weißgoldenen Champagnerperlen. Weil ich diese Leute in Wahrheit bewundere, ihre Herrenausstatter-Anzüge ebenso wie die eng anliegende Vulgarität ihrer Seidenkleider.

Aber dann, als der Abend voranschreitet, kommt die Begegnung mit ein paar Regierungsvertretern an der Seite ihrer Lieblingsintellektuellen und Lieblingshuren. Ich sehe zwei bekannte Modeschöpfer und einen noch bekannteren Schweizer Tennisstar, mit weißem Anzug und weißer Krawatte. Ich bereue es plötzlich, ihnen die Hand geben zu müssen und verspüre das Verlangen, sie schnell und hart und von verschiedenen Seiten – fürs Fernsehen aus verschiedenen Perspektiven – zu ohrfeigen.

Ich stehe mitten im Luxusgedränge, als es mir den Atem verschlägt, weil ich unter den Gästen plötzlich auch Veronika erblicke. Sie, die sich vor sechs Jahren auf die Schienen gelegt hat, unter das pünktliche Tonnengewicht der Schweizerischen Bundesbahnen. Die langen schwarzen Haare und die Augen, in denen für immer die Vergangenheit festsitzt. Die Augen, die mein Herz verschluckt und nie wieder herausgerückt haben. Wie kann Veronika in Berlin sein, mit den humanistischen Masken und Gesten, mit denen hier Konversation betrieben wird, vor der großen hinteren Spiegelwand, in der alles doppelt und dreifach schön aussieht?

Ich sage mir, dass es an meinen Nerven liegen muss. Dass die Frau Veronika nur ähnlich sieht, nichts weiter, und dass ich die böse Täuschung gleich durchschaue, sobald ich näher trete.

Als ich mich der Frau nähere, denke ich, dass sie es doch ist, weil niemand eine solche Ähnlichkeit haben kann, und ich frage mich, ob ich sie berühren soll, ob ich sogar ihre Hand nehmen und sie festhalten und für immer in diesen Augenblick hineinsinken soll?

Aber es kommt nicht soweit, denn Veronika entfernt sich. Ich verliere sie im Gedränge des Saals aus den Augen und frage den Shakespeare-Darsteller Z. und ein paar Geistesgrößen aus dem Feuilleton, ob sie die langen schwarzen Haare gesehen haben. Die Augen, in denen für immer die Vergangenheit festsitzt. Natürlich weiß niemand, von wem ich spreche. Natürlich weiß niemand, wer Veronika ist und wie sie mich schon vor Jahren verfolgt hat, beim Schreiben und beim Schlafen, verfolgt bis in die Kirche, in die ich geflüchtet bin, um zu beten.

Ich suche sie im Foyer, draußen vor dem Kulturhaus und dann wieder drinnen im Saal, wo ich meinen Freund Lichtenberger treffe. Lichtenberger, der nicht überrascht wirkt, dass ich seine tote Schwester unter den Gästen gesehen habe.

Natürlich muss Veronika auftreten, meint Lichtenberger und strahlt übers ganze Gesicht. Hast du vergessen, dass wir hier das neue Stück *Der Abschied* aufführen? Weißt du das nicht mehr? Dieser große Saal mit den wunderbar eingekleideten Schauspielern, die blumengesäumten Tische, die große Spiegelwand: Was für eine Bühne für unser Stück!

Lichtenberger legt die Hand auf meine Schulter. Mein Freund, sagt er, das ist die Adaption deines Romans *Der Abschied*. Du kannst auf dein Werk stolz sein, denn nach dieser Aufführung können dich die Etablierten nicht mehr so einfach aus dem Tempel verbannen.

Ich habe das Gefühl zu schwitzen, zugleich ist mir kalt. Dann bemerke ich, wie die Gäste beginnen, für den offiziellen Teil des Abends an ihren Tischen Platz zu nehmen. Ein Diner mit Vorträgen, Laudationen und Musik. Die Gäste sehen genauso aus wie am realen Abend in Berlin. Ich erinnere mich, wie jene Gäste auf die exakt gleiche Weise in der exakt gleichen Reihenfolge auf den exakt gleichen Stühlen Platz genommen haben. Genau wie die Gäste hier, die sich vollkommen lebensecht bewegen und dann ebenso vollkommen lebensecht warten, durch nichts als Schauspieler zu erkennen.

Sie sitzen still und lauschen der Eröffnungsrede des Bundespolitikers W., die vom Team des Ersten Deutschen Fernsehens gefilmt wird, während ich mich frage, warum ich mich so gut an alles erinnere, selbst an die Rede des Bundespolitikers W., wo ich mich sonst nie an die Rede eines Politikers erinnert habe: nicht an einen Satz, nicht an einen Gedanken, den je ein Politiker geäußert hat, vorausgesetzt, es wurden in den Sätzen dieser Politiker je Gedanken geäußert.

Was geschieht als nächstes? Applaus, natürlich. Alle Gäste im Kulturhaus klatschen in die Hände, auch ich. Dann geht der Literaturnobelpreisträger X. nach vorne und hält ebenfalls eine Rede, über die gemeinsamen Werte Europas, die schon lange nicht mehr existieren, falls sie je existiert haben, die der Literaturnobelpreisträger aber mit einer solchen Sprachkunst und Erhabenheit beschwört, dass für einen Moment alle daran glauben.

Dann fällt der erste Schuss. Die Kugel reißt ein Loch in den Gedankenteppich des Literaturnobelpreisträgers, wobei sich dieser an die Brust fasst und zusammensinkt, bevor weitere Kugeln abgefeuert werden und in der großen Spiegelwand hinter dem Podium Löcher hinterlassen, wie Spinnennetze aus Diamantsplittern.

Es stürmen die bärtigen Männer mit den Gesichtern herein, die bald überall im Fernsehen zu sehen sein werden und denen man anmerkt, dass sie nicht damit rechnen, jemals alt oder auch nur müde zu werden. Gesichter, die weniger brutal als vielmehr übermütig wirken, weniger mordlustig als vielmehr von radikaler Entschiedenheit.

Einige Gäste springen hoch und wollen fliehen, doch sie werden von den Kalaschnikows niedergemäht und versuchen, wenn sie nicht sofort tot sind, in bizarren Zuckbewegungen wieder an ihre Plätze zu kriechen – gestoppt von den ersten, präzise ausgeführten Kopfschüssen des Abends.

2

Die Terroristen schnappen sich das Team des Ersten Deutschen Fernsehens und weisen es an, ab sofort und in jedem Fall genau das zu tun oder zu lassen, was ihnen der Leiter der Operation befiehlt. Dieser, ein Mann namens Hamed S., stellt sich den frischgebackenen Geiseln mit ruhiger Stimme vor, während im Hintergrund drei Flachbildschirme hereingetragen werden, die man vor der Spiegelwand mit den Einschusslöchern aufstellt, je einen auf der linken und rechten Seite, den dritten Schirm in der Mitte. Hamed S. wünscht eine Liveschaltung zum Studio des Ersten Deutschen Fernsehens und lässt außerdem einen Online-Videostream vorbereiten.

Ein Vorgehen, das in gewisser Weise gut zur Technologie der Terroristen passt: Neben Kalaschnikows und Pistolen führen sie elektronische Geräte mit sich, mit kupferfarbenen, goldenen, roten Kabeln. Dazu die Sprengstoffwesten, deren Konstruktion, wie ich weiß, viel Fachwissen und Erfahrung voraussetzt, ungeeignet für Dilettanten, unter denen es nicht selten zu frühzeitigen und damit unergiebigen Selbstsprengungen kommt. Auch die Go-Pro-Kameras und Smartphones der Terroristen sind auf dem neuesten Stand, so wie die militärische Ausbildung.

Gezielt, von allen Seiten her, treiben die jungen Männer ihre Opfer vor den blumengesäumten Tischen zusammen, lassen sie am Boden Platz nehmen und dunkelgrüne Plastiktüten ausbreiten, in die sämtliche Smartphones, Tablets, Blackberrys und so weiter kommen. Wer nicht spurt, kann gleich auch seinen Kopf mit in die Tüte geben.

Ich frage mich, ob es wirklich nur unser sogenannter Liberalismus ist, der in der islamisch-arabischen Welt einen solchen Hass und einen solchen Vernichtungswillen erregt. Ich beobachte die jungen Männer unter der Leitung von Hamed S., der die Plastiktüten und die ersten Leichen – darunter den Literaturnobelpreisträger X. – in einen Nebenraum schleppen lässt und sich beim Fernsehteam erkundigt, ob die Liveschaltung steht.

Ich studiere das Gesicht von Hamed S., sein im Gürtel steckendes Schwert, die grauschwarz gemusterte Weste, auf der Knöpfe blinken und die Hamed S. mit der linken Hand berührt, wie um sich zu vergewissern, dass alles noch da ist. Mit der rechten Hand bedient er das Smartphone, um sich selber und dann die Terrorkollegen, die Geiseln und schließlich das Team des Deutschen Fernsehens, das ihn bereits filmt, seinerseits zu filmen, vielleicht für den Online-Videostream.

Alles westliche Technologie, denke ich. Natürlich, denn es kann kein Mensch mit Kamel und Steinschleuder gegen die westliche Kultur auch nur das Geringste ausrichten, nicht ohne diese Technologie, die es nur im verhassten Westen gibt, weil nur im verhassten Westen Männer wie Frauen wie Ungläubige frei arbeiten und forschen können, um dann Dinge wie den Computer zu erfinden, Flugzeuge und zuverlässige Sprengsätze. Typisch westliche Dinge, auf die jeder moderne Islamist angewiesen ist, weil die technisch-kulturelle Impotenz der arabischen Welt eine totale ist und nichts Vergleichbares bieten kann.

Hamed S. weist die Geiseln an, still am Boden zu sitzen, eine überflüssige Anweisung, da sich kein Mensch gerührt hat. Oder ist mir etwas entgangen?

Nun bringt sich Hamed S. vor der Kamera des Ersten Deutschen Fernsehens in Position: die Maschinenpistole geschultert, die Weste blinkend, über dem im Gürtel steckenden Schwert. Das Gesicht ernst und zugleich entspannt, als stünde er auf dem Grund einer tiefen Selbstsicherheit, die von außen kein Mensch mehr stören kann.

Hamed S. erklärt dem Publikum, warum die Verantwortlichen des Ersten Deutschen Fernsehens diese Live-Übertragung zu gewährleisten haben und warum sie es nicht wagen sollten, diese Sendung zu unterbrechen oder in irgendeiner Weise zu manipulieren. Für jede wie auch immer begründete Unterbrechung und für jeden wie auch immer erfolgten Manipulationsversuch werde sogleich eine Geisel erschossen oder zuerst gefoltert – die Frauen durch das Brechen der Arme, die Männer mit Messerstichen in die Genitalien, damit die Strafe Allahs deutlich wirke und die Schreie der Ungläubigen Zeugnis ablegten für die unbedingte Autorität dieser Operation.

Hamed S. macht eine kurze Pause, die einstudiert wirkt, dann werden die Bildschirme hinter ihm aktiviert und mittels Split-Screen auf sechs verschiedene Kanäle eingestellt, unter anderem auf YouTube und das Erste Deutsche Fernsehen, das seine Live-Übertragung aus dem Saal bereits eingerichtet hat. Die Zuschauer draußen in der Welt empfangen Hamed S. in hochauflösender Qualität, während sich auf den anderen Bildausschnitten erst nach und nach andere Sender zuschalten und alarmierte Frontansichten des Kulturhauses bei Nacht präsentieren.

Hamed S. erklärt den Zuschauern, warum er für die heutige Märtyreroperation diese Ansprache hält. Er meint, dass die dekadenten westlichen Medien seit Jahren die Mitbrüder im Dienst Allahs des Allerbarmers vollkommen falsch darstellen würden und immer nur von Terror und feiger Gewalt sprächen und immer nur so täten, als sei das Ganze ein Missbrauch des Islam oder von Allah dem Allerbarmer. Deshalb spreche er, Hamed S., heute in diesen selben westlichen Medien, damit der Zuschauer für einmal die Wahrheit höre über die Märtyreroperationen, besonders die Operationen in New York, Paris, Brüssel und London: Immer wieder habe man diese Operationen im Dienst Allahs des Allerbarmers wie barbarische Akte der Menschenvernichtung dargestellt, ohne den wahren Grund zu verstehen oder geistig und spirituell überhaupt in der Lage zu sein, dem Zuschauer wenigstens eine Ahnung des wahren Hintergrundes zu vermitteln. Dieser Hintergrund sei nichts anderes als Allah. Der einzige wahre Gott mit der einzigen wahren Macht, den Menschen vor der eigenen seelenzerstörenden Gottvergessenheit zu bewahren. Daher seien die Märtyreroperationen ganz das Gegenteil von barbarischen Akten der Menschenvernichtung, vielmehr ein Kampf gegen die Degradierung des Menschen zur globalisierten Ware, gegen die Herrschaft der Wirtschafts- und Konsumlüge als Existenzverfälschung. Dies sei die Wahrheit, die in den westlichen Medien verschwiegen werde, wie es überhaupt der Westen sei, der mit seinen Techniken der Massenmanipulation barbarische Akte der Menschenvernichtung betreibe – nicht der Islam, der als letzte Weltreligion noch den Mut zum Widerstand aufbringe, nachdem die Juden und Christen längst zu Huren des Kapitals geworden seien.

Nach diesen Worten, gut vorgetragen, mit der genau richtigen phonetischen Dosierung und den genau richtigen Pausen an den genau richtigen Stellen, lächelt Hamed S. in die Kamera.

Es scheint klar, dass er für das Verfassen einer solchen Ansprache, falls er sie selber verfasst hat, gebildet sein muss und vermutlich in Deutschland aufgewachsen ist. Über diese Leute behaupten westliche Medien immer wieder, sie seien nur Opfer oder jedenfalls Produkte einer misslungenen Integration. Opfer oder jedenfalls Produkte einer misslungenen Eingemeindung in New York, Paris, Brüssel oder London. So dass dann gewisse Hassprediger aus dem arabischen Raum oder aus dem Balkan ein leichtes Spiel haben sollen, solche jungen Leute zu rekrutieren, auch wegen der imperialen Sünden der nordamerikanischen, englischen oder französischen Außenpolitik.

Ich überlege, wie brauchbar diese Interpretation eigentlich ist. Ob diese jungen Leute nicht vielleicht doch ihre tieferen Gründe haben, um den Lebensstil zu hassen, mit dem sie aufgewachsen sind. Ob sie sich tatsächlich nicht radikalisieren lassen würden, wenn sie gut integriert wären, das heißt: wenn sie attraktive Jobs und Frauen und Wohnungen hätten. Wahrscheinlich ist es auch falsch, dass diese jungen Leute wenig über den Islam wissen und ihre Gewalt nur zufällig damit begründen. Oder dass die Hassprediger diese Leute nur als nützliche Idioten einsetzen, als Bauern in einem geopolitischen Schachspiel zwischen arabischen Öldynastien und westlichen Kapitalisten. Ich überlege, ob unsere Jungterroristen den Westen nicht im Grunde einfach durchschauen: unsere unter der glänzenden Oberfläche doch recht geistlose Hamsterrad-Existenz.

Aber dann denke ich, dass ich meine Ansichten nicht mit den Ansichten der bärtigen Brüder verwechseln darf, dass ich meinen Gesellschaftsüberdruss nicht auf sie projizieren darf. Und dass ich, wenn ich vernünftig denke, doch immerhin zu berücksichtigen habe, dass bei uns im Westen viele Menschen relativ frei leben können, und dieser Gesellschaftsordnung die Annehmlichkeiten des gehobenen Mittelstandes und, seit Jahrzehnten, eine kriegsverschonte Existenz verdanken. Und dass das Abendland mit seinen griechisch-römischen und jüdisch-christlichen Wurzeln nicht nur materielle Stabilität, sondern auch geistig-spirituelle Tiefe zu bieten hat, ja eine größere geistig-spirituelle Tiefe als die islamisch-arabische Welt, die es nicht einmal schafft, die Frauen frei herumlaufen zu lassen, aus Angst um die Grundversorgung für ihre misstrauischen Schwänze.

Wie erbarmungslos dumm ist das alles, frage ich mich und beobachte Hamed S., der jetzt weiße A-4-Blätter an seine Terrorkollegen verteilen lässt. Zwei oder drei Blätter, auf denen, wie es scheint, die Namen aller Geiseln stehen. Eine Gästeliste des Berliner Kulturhauses, die sie irgendwo aufgetrieben haben und für eine Anwesenheitskontrolle nutzen.

Hamed S. liest die Namen vor, während die vor den Tischen am Boden sitzenden Menschen abwechselnd die Hand heben müssen. Wenn niemand die Hand hebt, wird noch einmal nachgefragt, dann streichen die Gotteskrieger gleichzeitig, mit beinahe identischer Handbewegung, den Namen durch. Ein gezieltes, eher deutsches als arabisches Vorgehen, wie ich denke.

Schließlich wendet sich Hamed S. ans Publikum mit der Ankündigung, es würden nun die ersten Hinrichtungen erfolgen. In genau festgelegter Reihenfolge werde jeweils ein

Name aufgerufen, woraufhin diese Person nach vorne zu kommen habe, vor die Kamera des Ersten Deutschen Fernsehens. Dann werde eine Anklageschrift verlesen, zur Bekanntmachung der Sünden des Angeklagten, bevor das Urteil vollstreckt werde: Kopfschuss oder Schwert, je nach Wunsch des Angeklagten – und wenn dieser schweige, gelte das Schwert. Man solle sich, besonders seitens der Deutschen Polizei, keinen Illusionen hingeben und nicht versuchen, die Hinrichtungen zu stoppen. Man werde sämtliche Todesurteile vollstrecken und wünsche keinerlei Kommunikationsversuche seitens der Außenwelt. Ebenso werde beim geringsten Anzeichen eines Sturmversuchs alles in die Luft gesprengt.

Nach dieser Klarstellung ruft Hamed S. den ersten Namen auf: Ismail Nagibi. Der Name eines bekannten, aus Ägypten ausgewanderten Schriftstellers, Philosophen und Islamgelehrten.

3

Ismail Nagibi, aktueller Träger des Friedenspreises des Deutschen Buchhandels, ist ein kleiner Mann um die sechzig und wirkt beherrscht, als er sich nach vorne begibt und, ohne ein Wort zu sagen, vor Hamed S. stehenbleibt. Nicht so, als habe es ihm die Sprache verschlagen, eher so, als habe er entschieden, dass es nichts bringe, überhaupt etwas zu sagen, welche Ängste, Appelle oder Bekenntnisse in diesem Moment auch immer in seiner Seele auftauchen mögen. Eigenartig, dass auch sonst alle im Saal schweigen und nur zuschauen und zuhören, wie Hamed S. damit beginnt, die Anklageschrift zu verlesen.

Der hier anwesende Ismail Nagibi, geboren in Kairo, habe im Krieg gegen Gott und Seinen Gesandten Abscheuliches verübt, und zwar als Gelehrter des Islam und Kenner des Gesandten Mohammed, der Friede sei mit ihm. Ismail Nagibi wisse genau, wer Allah sei und was Er vom Menschen erwarte, um das Haus des Islam als Friedensordnung auf der Welt zu errichten. Der Koran könne alle Gesellschaften zu edlen Werten führen, zum immerwährenden Wasser für die nach Gott dürstende Seele. Dies seien Tatsachen, die Ismail Nagibi verraten habe. Diesen Verrat habe er in der westlichen Welt als fortschrittliche, alles relativierende, dem Geschwätz der Menschen ausliefernde Klugheit verkauft und sich dazu missbrauchen lassen, der geistigen Verbrennung des Koran zu dienen, der Herabwürdigung des Koran auf die Ebene profaner Bücher. Während jeder Moslem wisse, dass der Koran ein Heiligtum aus den Himmeln der Ewigkeit sei, die wörtliche Weisung Allahs, habe Nagibi den Koran in den Staub der Geschichte und der Menschenwerke getreten. Genauso, wie die Christen mit ihrer Bibel umgingen und mit Isa ibn Maryam, dem Propheten Jesus, der Friede sei mit ihm. Wer aber so niederträchtig gegen den Koran vorgehe, arbeite zusammen mit dem Teufel an der Auflösung der Gottesfurcht und also an der Entehrung Allahs und Seines Gesandten Mohammed, der Friede sei mit ihm.

Nach diesen Worten blickt Hamed S. in die Kamera des Ersten Deutschen Fernsehens, blickt in die Kamera für den Online-Videostream, blickt auf die vor den blumengesäumten Tischen sitzenden Geiseln, blickt zu Ismail Nagibi, der immer noch kein Wort sagt. Ismail Nagibi, der offenbar versucht, sich der medial inszenierten Prozedur durch Passivität zu entziehen. Dabei ist es unwahrscheinlich, dass er jetzt keine Todesangst verspürt, so blass und klein wirkt er neben Hamed S. Es ist unwahrscheinlich, dass im Herzen von Ismail Nagibi jetzt nicht ein Kampf tobt: ein Kampf zwischen unbedingter Selbsttreue und Panik, zwischen dem Drang nach Auflehnung gegen die feige Brutalität seines Anklägers und dem Zögern der eigenen Feigheit.

Hamed S. macht einen Schritt auf den Verurteilten zu und will wissen, ob er durch die Kugel oder das Schwert zu sterben wünsche, und weil der Schriftsteller, Philosoph und Islamgelehrte immer noch nicht reagiert, ja seinen Henker nicht einmal anschaut, eilen zwei Terrorbrüder herbei, wahrscheinlich jene, die im Köpfen am meisten Erfahrung haben. Man zwingt den Verurteilten in die Knie und dann zu Boden, mit dem Kopf nach vorn, wie beim Gebet in Richtung Mekka. Der Größere der bärtigen Helden schlägt mit dem Schwert zu, dreimal, bis der Kopf abgetrennt ist. Dann – wie gelähmt vom eigenen Schweigen – warten alle, bis das Zittern und Zucken Nagibis nachlässt und nur noch das Blut weiter aus dem Halsstumpf geflossen kommt. Der Kameramann des Ersten Deutschen Fernsehens nimmt alles auf, ohne sich stören zu lassen.

Nur vor den blumengesäumten Tischen entsteht für einen Moment Unruhe. Vielleicht weil die Geiseln bisher nicht geglaubt haben, dass die Terroristen ernst machen, dass hier, in diesem Saal, alle sterben werden, vielleicht noch vor Ablauf der nächsten Stunde. Möglich, dass die Geiseln erst jetzt ein Gefühl des Entsetzens angesichts der Erwartung ihrer Vernichtung empfinden.

Es fallen Schüsse, direkt neben die hochspringenden Füße einer Geisel, die es gewagt hat, sich zu erheben. Leute schreien, bis sich ein weiterer Mann erhebt. Der Mann heißt Johannes D. und ist, wie ich weiß, der Chefredakteur einer Zeitung von internationalem Renommee, die regelmäßig über religiöse Themen berichtet, in differenzierter Weise. Man kann sogar sagen, dass Johannes D. die einzige große Zeitung im deutschsprachigen Europa verantwortet, die nicht prinzipiell gegen Religion schreibt, genauer: nicht gegen eine Religion, die sich prinzipiell als zeitkritisch, statt wie üblich nur als religionskritisch versteht, noch genauer: gegen eine Religion, die der herrschenden Kultur eigene, unabhängige Standards entgegenhält.

Es scheint, dass auch Hamed S. den Namen Johannes D. kennt und um die Bedeutung seiner Zeitung weiß, denn er lässt den Chefredakteur aus Gründen der Gruppendisziplin nicht einfach erschießen, sondern bittet ihn freundlich nach vorne.

Als der Zeitungsmacher bei ihm steht, neben der Blutlache des Ismail Nagibi, will Hamed S. wissen, was der Chefredakteur zur Verteidigung der westlichen Kultur vorzutragen habe. Denn er, Hamed S., kenne diese Kultur gut und habe damit seine Kindheit und Jugend verbracht. Er, Hamed S., sei an eine Deutsche Universität und dann in die Deutsche Arbeitswelt gegangen, ebenso in die Freizeitvergnügungen, die Deutschland zu bieten habe und welche die gleichen Freizeitvergnügungen seien wie in Paris, London oder New York. Im Laufe dieser westlichen Jahre habe er, Hamed S., immer weniger Freiheit und einen immer größeren Druck verspürt, eine immer größere Arbeits- und Vergnügungsmüdigkeit, dann eine immer größere Sinnlosigkeit und, in der Folge, einen immer größeren Ekel.

Der Chefredakteur beginnt zu zittern, aus Angst oder weil eine plötzliche Kälte über ihn kommt. Tatsächlich klingt seine Stimme heiser, als er versichert, dass er verstehe, was Hamed S. gerade gesagt habe. Dass die moderne Gesellschaft eine technisch-ökonomische Beschleunigung durchmache und deswegen auf viele befremdlich wirken könne. Trotzdem sei nicht alles schlecht, vor allem sei die Freiheit des Einzelnen im Westen sehr hoch, auch wenn persönliche Freiheit natürlich Verunsicherungen mit sich bringe, die Auflösung alter Ordnungen, bis der Mensch sich überfordert fühle. Dies sei aber kein Grund zur gewalttätigen Rückkehr in die Unterwerfung.

Ruhig hört Hamed S. zu. Dann schaut er auf seine Liste mit den Namen der Geiseln. Er ruft zwei Namen auf: erstens den Namen der anwesenden christlich-demokratischen Bundespolitikerin A., zweitens den Namen der Filmschauspielerin B., eine deutsch-amerikanische Doppelstaatsbürgerin, die regelmäßig in den USA dreht und schon zweimal für den Oscar nominiert worden ist.

Wie schön und elegant die Filmschauspielerin B. ist und sich in der glitzernden Schwerelosigkeit ihres Kleides bewegt, fällt mir erst jetzt auf, während sie von einem Terrorbruder nach vorne begleitet wird, gefolgt von der im Vergleich dazu plumpen, schwerfälligen Bundespolitikerin. Als die beiden neben dem Chefredakteur stehen, blicken sie starr geradeaus, wahrscheinlich um nicht in das Gesicht oder in die Augen von Hamed S. blicken zu müssen, oder auf seine Kalaschnikow oder auf das im Gürtel steckende Schwert. Und auch nicht zu Boden, auf das Blut des Ismail Nagibi.

Hamed S. schaut in die Kamera und erklärt den Zuschauern, dass es sich bei den jetzt neben ihm stehenden Personen nicht einfach um einen Mann und zwei Frauen handle, sondern vielmehr um drei Verkörperungen der westlichen Kultur: erstens, bei der Bundespolitikerin A., um die Verkörperung der westlichen Politik, zweitens, bei der Filmschauspielerin B., um die Verkörperung der westlichen Unterhaltungsindustrie und drittens, beim Chefredakteur, um die Verkörperung des westlichen Journalismus.

Diese drei Bereiche, so Hamed S., seien hauptverantwortlich für die spirituelle Zerstörung des Menschen im Westen. Auch seien sie hauptverantwortlich für die Leugnung Gottes und, als dessen Ersatz, für die Anbetung von Erfolg, Konsum und Hurerei. Götzen, die der Westen Freiheit nenne, die jedoch nichts anderes bedeuteten als Abhängigkeit und moralische Degeneration. Abhängigkeit vom Kapital und Degeneration durch innere Begierden, welche die Medien und die Filme und die Politiker immer wieder auf das Perverseste in den Menschen entzündeten. Abhängigkeit von Geltung und Besitz, um die Begierden zu stillen und immer tiefer der eigenen Umnachtung zu verfallen. Auch wenn man in Europa und den USA immer sage, man müsse sich gegen den freiheitsfeindlichen Islam und die arabische Welt zur Wehr setzen, sei es in Wahrheit so, dass der Islam und die arabische Welt sich gegen Europa und die USA zur Wehr setzen müssten, weil diese immer wieder versuchen würden, ihre kapitalistischen Seelengeschwüre in die ganze Welt zu exportieren: über Märkte, über ferngelenkte Regierungswechsel, über Revolutionen und Konterrevolutionen, über UNO-Beschlüsse und Luftschläge. Deswegen führe der Islam in Wahrheit keinen Angriffs-, sondern einen Verteidigungskrieg.

Und damit befiehlt Hamed S. die Tötung des Chefredakteurs, der Filmschauspielerin und der Bundespolitikerin. Man fragt die Opfer nicht einmal, ob Kugel oder Schwert, sondern schießt ihnen von hinten in den Kopf: zuerst dem Chefredakteur, dann den Frauen.

Es ist eigenartig, dass die Filmschauspielerin in die Knie geht, bevor eine Kugel sie trifft, noch während man auf die Bundespolitikerin ansetzt. Und nach dem Kopfschuss der Politikerin fällt diese hin und macht mit den Armen Ruderbewegungen, als wolle sie am Boden entlang durch das Blut davonschwimmen, durch das Blut des Chefredakteurs, das Blut von Ismail Nagibi und durch das eigene Blut.

Als die Filmschauspielerin zu kreischen beginnt, wird sie durch mehrere Kugeln zum Schweigen gebracht, von links und rechts, in die Schulter und in den Hals, wobei die Schauspielerin bei jedem Treffer dramatisch hochzuckt.

Das ist der Moment, an dem ich es nicht mehr ertrage. Ich möchte nach vorne gehen, zu Hamed S. und dem Team des Ersten Deutschen Fernsehens, das immer noch ruhig arbeitet.

Es ist mir unverständlich, wie die Journalisten vor den kreuz und quer im Blut liegenden Körpern weiterproduzieren können, genau wie die Terroristen, denke ich. Auf der einen Seite das konzentrierte, durch keine Störung der Realität und durch keine Herzensregung unterbrochene Weiterproduzieren für das Erste Deutsche Fernsehen, auf der anderen Seite das konzentrierte, durch keine Störung der Realität und durch keine Herzensregung unterbrochene Weitertöten für Allah.

Gern möchte ich Hamed S. genau das ins Gesicht sagen. Ich möchte auch den Geiseln und den Zuschauern draußen vor den Bildschirmen zurufen, dass das alles unmöglich ist und jeder Einzelne von uns für diesen deprimierenden Zustand mitverantwortlich ist. Dass dieser deprimierende Zustand aufhören muss, endlich zu einem Ende kommen, meinetwegen zu einem schlechten Ende, Hauptsache vorüber. Aber dann frage ich mich, was in mich gefahren ist, weil ich mich nicht daran erinnern kann, während der Geiselnahme in Berlin jemals auf diese hilflose Weise die Initiative ergriffen zu haben. Nein, ich kann mich nicht erinnern.

4

Ich denke an meinen Freund Lichtenberger, den Regisseur, den ich vollkommen vergessen habe, Lichtenberger, der das alles inszeniert hat. War es nicht so? Befinden wir uns in Wahrheit nicht auf einer Theaterbühne? Habe ich nicht die ganze Zeit über Schauspieler gesehen: Hamed S., die Terrorbrüder, das Team des Ersten Deutschen Fernsehens und die Geiseln – alles nur Schauspieler?

Doch wo steckt Lichtenberger? Er soll herkommen, ich habe genug. Ich möchte raus hier, an die frische Luft. Und bin überrascht, als ich tatsächlich zum Ausgang des Saals gehen und den Raum verlassen kann. Niemand versucht mich aufzuhalten. Es scheint keinen Menschen zu kümmern, weder die Terroristen noch die Geiseln noch die Leute vom Fernsehen.

Draußen befindet sich ein längerer Korridor, in dem Lichtenberger, als hätte er auf diesen Moment gewartet, auf mich zukommt: strahlend, glücklich. Ich sage ihm, dass ich genug habe vom Köpfen und den Erschießungen.

Großartig!, ruft Lichtenberger. Das liegt aber nicht nur an der Regie oder an den Darstellern, sondern an der Romanvorlage *Der Abschied.* Dieser Roman von dir hat eine enorme Wucht, mein Freund!

Ich schüttle den Kopf, weil ich nicht weiß, wovon er redet, weil ich mich nicht an den Roman erinnern kann, weil ich immer wieder an das Blut und das Kreischen der Opfer denken und mich fragen muss, warum das Grauen nicht einfach aus meinem Kopf verschwindet. Oder bin ich für immer gefangen in diesem Kopf mit dieser fürchterlichen Berliner Stimmung?

Lichtenberger besteht darauf, dass ich stolz sein soll auf den Roman. Ein Roman, der den Terror des Lebens und der Menschen zeige, zugleich das Wunder der Liebe. Die letzte Reise eines Sterbenden, der sich weigere zu akzeptieren, dass er Abschied nehmen müsse. Der sich lange dagegen sträube und schließlich doch einsehe, dass er loslassen müsse. Es sei aber natürlich mehr, sagt Lichtenberger: ein komplexer Stoff, der nicht nur vom Akzeptieren des Todes handle, sondern auch vom Sterben politischer Illusionen.

Unmöglich, denke ich, solche Gedanken habe ich nie geschrieben, das kann nicht sein. Und was soll das heißen, Wunder der Liebe? Wo war hier Liebe zu sehen? Ich habe nur das Köpfen und Erschießen gesehen.

Nein, widerspricht Lichtenberger, von Anfang an sei auch die Liebe im Kulturhaus gewesen, in Gestalt von Veronika. Mitten auf der Bühne, mitten unter den Gästen. Das sei absolut zentral für die Story, genauer gesagt: für die letzte innere Reise. Ein formal gewagter, nicht einfach zu inszenierender Roman, sagt Lichtenberger, denn wir müssen das Publikum während der ganzen Zeit in den Kopf eines Sterbenden versetzen, und zwar eines Sterbenden, der sich dessen nicht bewusst ist. Eines Sterbenden, der immer wieder einen Ausweg sucht, den es nicht gibt.

Aufhören, denke ich, Lichtenberger soll nicht mehr von Veronika sprechen, ich möchte kein Wort mehr von ihr hören und kein Wort mehr von diesem Theater.

Ich lasse Lichtenberger stehen. Ich muss unter den freien Himmel, an die frische Luft, und probiere eine Tür aus, die abgeschlossen ist, dann noch eine Tür und noch eine.

Erst die vierte Tür lässt sich öffnen. Sie führt aber nicht unter den freien Himmel, sondern in eine Wohnung, die genauso aussieht und genauso riecht und sich genauso anfühlt wie die Wohnung, in der ich damals mit Veronika gelebt habe. Ich gehe in die Küche und ins Wohnzimmer und ins Schlafzimmer, in das die Zersetzungsmaschine der Jahre nicht hineingekommen ist und nichts kaputt machen konnte, nicht ein einziges Blatt Papier auf dem Schreibtisch neben dem Kleiderschrank.

Ich erinnere mich an die Tage mit Veronika, die in meine Seele hineingefallen sind wie Sonnenlicht durchs offene Fenster. Heute noch, denke ich, werde ich davon gewärmt, und kann es nicht verstehen, warum sie sich vor den Zug geworfen hat, unter die Schweizerischen Bundesbahnen, ohne mich zu fragen, ob ich mitkommen will.

Ich verlasse die Wohnung und gehe nach draußen, ins Kindheits- und Jugendquartier, in dem wir aufgewachsen sind. Ich sehe uns mit Lichtenberger und den Nachbarskindern über die Straßen und durch die Parks gehen. Wir gehen in die Schule und in die Stadt und an den See und in die Wochenenden. Eines Tages, Veronika muss etwa vierzehn Jahre alt sein, bleibt sie plötzlich stehen, in der Nähe des verlassenen Güterbahnhofs, auf dem wir uns manchmal treffen. Sie führt mich auf das Areal und will allein mit mir sein, im Holzschuppen neben den rostigen Gleisen. Ich soll die Augen schließen. Dann kann ich hören, wie sie atmet und spüre das warme Rosenblatt ihrer Lippen. Immer wieder finden wir Verstecke, wenn Veronika Lust dazu hat.

Wir schaffen es alle drei ins Gymnasium und an die Universität: Lichtenberger in Richtung Theater, Veronika in Richtung Internationale Beziehungen, ich in Richtung Journalismus und Literatur. Noch während dem Studium heirate ich Veronika, und wir beziehen etwas außerhalb von Zürich unsere erste Wohnung. Wir trinken und rauchen uns durch die Nacht und durch unsere Lieblingsbücher und Lieblingslieder, bis wir von der Erschöpfung in die getrennten Zimmer des Schlafs geschickt werden.

Nach dem Studium stellt mich eine angesehene Zeitung als Redakteur ein, während Veronika damit beginnt, als Public Affairs Spezialistin zu arbeiten, was ich zuerst einfach nur wunderbar finde, ohne zu ahnen, was damit auf uns zukommt.

Schon bald erlebe ich eine Veronika, die mir immer fremder wird. Eine Veronika, die immer weniger schläft und immer weniger Zeit hat. Eine Veronika, die damit beginnt, Pillen für den Tag zu nehmen und Pillen für die Nacht.

Schon vor dem Studium hat Veronika gelernt, wie wichtig es ist, etwas zu erreichen und im Grunde erst in diesem Erreichten die Grundlage für ein glückliches Familienleben zu sehen. Zuerst von ihren Eltern, dann von ihren Vorgesetzten und dann von ihrem beruflichen Umfeld wird sie angetrieben, ihre Karriere als emanzipierter Mensch voll und ganz zu verwirklichen, und zwar so, als würden Menschen, die ihre Karriere voll und ganz verwirklichen, sich selber verwirklichen. So hat es vor allem Veronikas Mutter zu Hause gepredigt.

Ich erinnere mich an den Vorgarten des Hauses, in dem ihre Eltern gelebt haben, in dem die Mutter bei Sonnenschein Bücher gelesen oder einen ihrer kerngesunden, bei

Vollmond ausgependelten Fruchtsäfte getrunken hat. Ich sehe den Garten jetzt vor mir, er ist leer. Über dem Garten sehe ich die Fenster des Hauses, die ich nie gemocht habe, weil ich wusste, dass dahinter Veronikas Mutter wartet, sie, die ihre Tochter und auch den Sohn, Lichtenberger, bis zum Äußersten getrieben hat.

Immer hat sie von ihren Zeiten als Hippiefrau erzählt, von sexueller Freiheit und anderen Freiheiten, ohne je einen Grund dafür zu nennen, warum man sich von Menschen, die man liebt, befreien oder freihalten muss. Du bist in der Liebe und gibst dich hin und lässt dich fallen, habe ich damals gedacht und denke ich noch heute: oder du liebst nicht und gibst dich nicht hin und lässt dich nicht fallen, sondern bleibst bei dir und verödest und stirbst, lange bevor sie dich ins Grab werfen.

Genau das sage ich jetzt zu Veronikas Mutter, als ich sie am Fenster ihres Hauses sehe. Bewegungslos steht sie da, als ich ihr zurufe, dass sie Schuld auf sich geladen hat, dass Veronikas Unglück mit ihren Ideen zusammenhängt und dass sie ihre Tochter unter den Zug getrieben hat. Aber Veronikas Mutter scheint mich gar nicht zu bemerken und auch nicht zu hören.

Also renne ich durch den Vorgarten zur Haustür und reiße sie auf und suche die Wohnstube, um es ihr ins Gesicht zu sagen. Um sie an den Armen zu packen und sie zu schütteln, wie ich es schon lange tun wollte.

5

In der Wohnstube steht die Mutter, wo ich sie an den Armen packe und schüttle, um sie spüren zu lassen, was sie angerichtet hat. Um sie spüren zu lassen, was ihre ganze Hippie-Generation angerichtet hat mit ihrem als Rebellion getarnten Egoistentum.

Aber Veronikas Mutter ist für diese Vorwürfe überhaupt nicht erreichbar und überhaupt nicht offen und beginnt zu weinen. Sie bricht in Tränen aus und will wissen, ob ich ihre Tochter gesehen habe? Stimmt es, dass sie nicht mehr da ist und nie mehr kommt, weil sie tot ist, stimmt das wirklich?

Ich will ihr eine Antwort geben, tue es jedoch nicht, weil ich das Gefühl habe, dass Veronikas Mutter gar nicht zuhört und auch gar nicht zuhören kann. Weil ich das Gefühl habe, dass sie schon lange allein in diesem Haus lebt und von ihrer Hoffnung, wenn es Hoffnung ist, in eine große Unruhe getrieben worden ist auf der Suche nach der Tochter, die sie immer wieder in alle möglichen Richtungen lenkt, ohne Unterlass. Auch jetzt muss sie weitermachen und geht weg, und ich versuche, sie einzuholen und eile von Zimmer zu Zimmer und gelange dann wieder nach draußen in den Garten. Auch dieser Garten, denke ich, ist vollkommen verlassen und hat nichts mehr zu bedeuten.

Ich folge der Quartierstraße und spüre nach einer Weile die Sonne auf meiner Haut. Ich erinnere mich, wie gern Veronika im See in der Nähe geschwommen ist. Wie aufregend es war, sie auf der Wiese am Ufer liegen zu sehen und selber dort zu liegen und mit ihr nach oben zu schauen, in die Wattenfarbe der im Himmel schwimmenden Wolken. Ich rieche den Duft ihrer Haut und rauche mit ihr Joints und esse Kirschen und denke an die Abende zu Hause, wenn uns das Gewitter der Lust überrascht hat.

Ich erinnere mich an die Redaktionsräume der Zeitung, der ich meinen ersten Job verdanke. Der Chefredakteur, ein hagerer glatzköpfiger Mann, setzt mich zuerst als Inlandredakteur ein. Aber nachdem sich der Auslandsredakteur aus dem Fenster im vierten Stock gestürzt hat, angesichts einer verunglückten Liebe, übernehme ich einen Teil seiner Arbeit. Ich schreibe über Brüssel und Paris, über Berlin, Washington und Hollywood. Als der romantische Kollege nach komplizierten Brüchen zurückkehrt, gerät fast gleichzeitig der stellvertretende Leiter des Kulturressorts ins Stolpern. Jedes Jahr muss er das immer gleiche Bachkonzert der immer gleichen, mit dem Verlagsbesitzer befreundeten protestantischen Zürcher Bach-Gesellschaft besuchen, um jedes Jahr die immer gleiche Begeisterung als Rezension zu verfassen. Nur diesmal hat der Kollege keine Lust aufs Konzert, sondern bleibt zu Hause und veröffentlicht am Folgetag eine vorgefertigte Rezension. Aber das Konzert wurde kurzfristig abgesagt und hat nicht stattgefunden. Eine Peinlichkeit, welche auch die Teppichetage nicht ignorieren kann und die dem Kollegen nahelegt, sich für eine Weile, aufgrund seiner Englischkenntnisse, als Auslandskorrespondent zu betätigen.

Bald verfasse ich nicht nur Berichte über Literatur oder Theater, sondern auch über theologische Themen. Weder bei der Hintergrundredaktion noch beim Inlandteil ist man besonders scharf darauf, über Religion zu schreiben, aber ich habe nichts dagegen. Allein schon deshalb, weil gerade der Islam, mit dem Terror in Europa, an Aktualität gewinnt und mich auf spannende Geschichten über IS-Kämpfer bringt, die ursprünglich in der Stadt Winterthur aufgewachsen sind.

Ich publiziere dazu ein paar Artikel und lande in einer Talkshow des Schweizer Fernsehens über junge Männer, deren Eltern nicht verhindern konnten, dass sich ihr Nachwuchs radikalisiert hat. Ohne Erfahrung mit Talkshows, blind für die Abgründe unter der schmalen Brücke der politischen Korrektheit, widerspreche ich den in der Sendung anwesenden Experten und Sozialtherapeuten, die in jungen Extremisten nichts weiter als Verlierer sehen, die bessere Perspektiven benötigen. Die Extremisten, über die ich recherchiert habe, hatten keine schlechten Perspektiven, sondern waren gut ausgebildet und haben der Schweiz trotzdem den Rücken gekehrt. Einige von ihnen wollen sogar gegen die Schweiz und den ganzen Westen losschlagen, sobald Allah den Einsatzbefehl gibt. Deswegen glaube ich nicht an Integration als Heilmittel, auch weil ich den westlichen Lebensstil nicht für etwas halte, das junge Männer toll finden, sobald man sie mit hübschen Handys, Frauen und Autos ausstattet.

Nach diesem Talkshow-Auftritt werde ich öffentlich als Scharfmacher angegriffen, wobei sich auch unter meinen Redaktionskollegen keiner findet, der mir beisteht oder aus der Patsche helfen will. Trotzdem verfolge ich das Thema weiter und führe mit einem Historiker aus Damaskus ein Interview, einem Mann namens Yusuf Ben Hassan, der zum Beispiel Folgendes sagt: Denken Sie daran, die meisten Moslems leiden selber unter Gewalt und wünschen sich Reformen und Frieden! Nur hat leider keiner dieser Menschen die nötige religiöse Autorität, um etwas zu ändern. Das hat theologisch gesehen allein Mohammed, verstehen Sie? Durch die Hadithen und die Unterweisungen des Propheten und die Sunna wird festgelegt, wie der Koran zu verstehen und umzusetzen ist. Niemand wird daran öffentlich etwas rütteln, es sei denn, er ist verrückt. Deshalb sind alle Islamdebatten in den westlichen Medien byzantinisches Geschwätz, verstehen Sie?

Nein, ich verstehe nicht, aber Yusuf Ben Hassan ist geduldig und erklärt es mir: Sie müssen sich die Eroberungsschlachten um das Jahr 1453 vorstellen, sagt er. Hören Sie das Geschrei der Versklavten, riechen Sie den blutgetränkten Staub der Invasion? Konstantinopel wird von der islamisch-osmanischen Armee belagert. Die Stadt soll sich unterwerfen, oder es sprechen noch erbarmungsloser die Schwerter des Sultans, die Massaker und Vergewaltigungen zur Ehre Allahs. Die klügsten Byzantiner und die besten christlichen Mönche stecken in dieser entsetzlichen Notlage ihre Köpfe zusammen und führen Debatten, um die Unterwerfung abzuwenden und die theologisch-politische Grundlage für eine friedliche Koexistenz zu finden. In der Zwischenzeit erobert der Sultan, Mehmed II., Konstantinopel, ohne von den Gelehrten dabei gestört zu werden. Seither bezeichnen Historiker die Debatten solcher Gelehrten als byzantinisches Geschwätz.

Obwohl ich einige Passagen aus diesem Gespräch entschärfe, damit Yusuf Ben Hassan nicht als Islamhasser dasteht, und obwohl ich eine bekannte muslimische Reformtheologin dazu bringe, für unser Feuilleton einen Gastkommentar zu schreiben, mit der These, dass ein moderner Islam trotz allem möglich ist und eine Mehrheit der Muslime auch einen solchen wünscht, frei von der Herrschaft der Salafisten oder Wahhabiten – trotz dieser Differenzierungen prasselt die Kritik tagelang auf uns nieder. Man wirft meinem Chefredakteur eine bewusste Hetzkampagne vor. Es ergreifen das Wort entrüstete, um die eigenen Privilegien bangende Vertreter christlicher Religionen und schäumende Islamvereine, zusammen mit integrationsgläubigen Politikern und volkstherapeutischen Toleranzaposteln. Und man brandmarkt mich abwechselnd als islamophob, als Vertreter der neuen intellektuellen Reaktionären oder der neuen christlichen Nationalisten.

In dieser Tatsache wiederum sieht Lichtenberger ein gutes Zeichen. Denn für ihn müssen vom linken bis zum rechten Spektrum der Gesellschaft immer etwa gleich viele Menschen die Fassung verlieren und schäumen, erst dann geht unsere Arbeit, so Lichtenberger, in die richtige Richtung.

Inzwischen ist mein Freund Regieassistent am Schauspielhaus Zürich. Er gilt als vielversprechendes Talent und ist davon überzeugt, dass man als Theatermensch erst dann wirklich gute Arbeit leistet, wenn das Publikum nach dem Schlussvorhang nicht einfach klatschen und unbehelligt nach Hause gehen kann. Sondern erst dann ist gute Arbeit geleistet, wenn das Publikum vor den Kopf gestoßen und gezwungen ist, den unterversorgten Denkapparat der bürgerlichen Standardgehirne wieder in Bewegung zu setzen. Für Lichtenberger ist dieses Ziel so selbstverständlich, dass er sich nicht daran stört, wenn nach einer Inszenierung Protestbriefe und Absetzungsforderungen ins Haus flattern.

Zum Glück hat seine Arbeit eine derartige Qualität, dass man ihn am Schauspielhaus behält, weil man von seinem Fleiß profitiert und auf diesen Profit nicht verzichten will. Ein Fleiß, den Lichtenberger zu Hause gelernt hat, von der Mutter, die auch von Veronika immer nur das Höchste erwartet hat.

Im Vergleich dazu sind meine Eltern geradezu fahrlässig mit mir umgegangen. Selbst als ein Roman von mir erscheint, in einem Deutschen Verlag, kommen sie nicht zur Vernissage, sondern rennen wie immer lieber im Büro herum, in der Bank und in der Anwaltskanzlei, in die sie sich schon immer am liebsten zurückgezogen haben.

6

Immer wieder habe ich später gedacht, dass meine Eltern in gewisser Hinsicht das Gegenteil von Veronikas Eltern gewesen sind, jedenfalls das Gegenteil von Veronikas Mutter, die immer alles dafür investiert hat, die Kinder für die Welt zu wappnen.

Auf der anderen Seite war das Verhalten meiner Eltern natürlich zukunftsweisend, denn heute rennen, wie man überall sehen kann, Horden erfolgreicher Paare durch die Gegend, die nebenberuflich Kinder in die Welt setzen, weil Babys so süß sind und die Frauen schließlich eine Gebärmutter haben.

Über dieses Phänomen schreibe ich in meinem Roman, und natürlich schreibe ich auch über Lichtenberger und die Liebe mit Veronika. Zwar mag meine Frau den Roman, findet aber die Passagen über meine Eltern zu hart und streitet mit mir über das reaktionäre Herz des Buchs.

In dieser Zeit muss ich regelmäßig mitansehen, wie Veronika sich übergeht, Hand in Hand mit den Pillen für die Nacht, um einschlafen zu können, und den Pillen am Morgen, um in die Gänge zu kommen. Es ist, als müsste sie laufend alles an sich optimieren und flexibel und entwicklungsoffen sein. Dass ich das krank finde, versteht Veronika nicht als Ausdruck der Sorge, sondern als Angriff auf ihre

Autonomie, auch wenn sie mir vielleicht glauben mag, dass ich nichts anderes will als ihr Glück, auch wenn sie bisher mit mir einig gewesen ist, dass unsere Liebe das Zentrum bildet und daraus alles Weitere seine Kraft bezieht. Trotzdem scheint sie immer mehr davon auszugehen, dass sie selber das Zentrum bilden muss, dass sie sich selber tragen und entwickeln muss, um eines Tages zufrieden zu sein, bereit für Kinder.

Überhaupt die Kinderfrage: von Anfang an bin ich dafür offen gewesen und habe respektiert, dass Veronika zuerst etwas erreichen wollte. Ich habe mich auf die Zeitungsredaktion und die Literatur konzentriert und dabei zugesehen, wie Veronika mit den Pillen angefangen hat. Wie sie sich von immer mehr Geschäftsreisen hat davontragen lassen, immer öfter ins Ausland.

Es kommt zu unserer Trennung nach einer Affäre von Veronika auf einer dieser Reisen. Ein Seitensprung, von dem ich aus heiterem Himmel, an einem Sonntag am Küchentisch, erfahre. Mit großen Augen, als wäre sie selber erstaunt, eröffnet sie mir, dass sie mit einem anderen Mann in einem Hotel im Ausland geschlafen habe und immer wieder an diese Nacht mit diesem Mann denken müsse, weil sie sich vorgekommen sei wie jemand anders. Dass sie immer wieder an diese Nacht in jenem Hotel im Ausland denken müsse, an dieses Zimmer, in dem eine andere Frau sich habe entkleiden und in eine seltsam gierige Stimmung hineinziehen lassen. Eine andere Frau, die irgendwo auf dem Grund ihrer Gedanken gewusst habe, dass sie verheiratet sei, genau wie Veronika, und die gewusst habe, dass sie ihre Ehe ernst nehme und ihren Mann liebe. Die aber dennoch wie eine andere Frau gehandelt habe und mit sich habe handeln lassen.

Nach diesen Worten will ich nichts mehr von Veronika hören und nichts mehr von ihr sehen, sondern ich verlasse die Wohnung und gehe nach draußen, auf die Straße und immer weiter weg.

In der Zürcher Altstadt suche ich eine rettende Tür, durch die ich dem Schwindel entkommen kann. Die Tür eines Hauses, in dem ein Freund wohnt, der aber nicht da ist und den ich ohnehin nicht sehen mag, weil ich gar nicht weiß, was es zu besprechen gäbe und ob ich überhaupt reden kann. Lieber die rettende Tür einer Bar, in der Alkoholiker verkehren, Flaschen und Selbstbetrüger wie ich. Flaschen und Selbstbetrüger, die mich in Ruhe trinken und darüber nachdenken lassen, warum es besser ist, auch keinen Kontakt zu Lichtenberger aufzunehmen.

In den folgenden Wochen gehe ich nicht mehr in unsere Wohnung, sondern übernachte bei einem Kollegen von der Redaktion. Das erste Mal in meinem Leben ist mir der Gedanke an Veronikas Gegenwart unerträglich, allein schon die Vorstellung, dass wir uns irgendwann zufällig in der Stadt treffen könnten.

Ich fühle nichts, als sich Lichtenberger meldet und mir berichtet, dass Veronika einen Zusammenbruch erlitten habe und von der Mutter gepflegt werde, dass sie den ganzen Tag im Bett bleibe oder stumm auf dem Sofa sitze, ohne auf Fragen zu reagieren. Der Arbeitgeber habe Veronika freigestellt, dann habe die Mutter einen Psychiater organisiert. Auch auf diesen sei Veronika bisher mit keinem Wort eingegangen, was nicht überraschend sei, denn nur ich, ihr Ehemann, könne jetzt helfen.

Selbst als Lichtenberger mir das berichtet und das Wort Ehemann benutzt, kann ich nichts fühlen und denke: Ich bin abgeschnitten, vollkommen abgeschnitten, und es muss auch so sein, denn es ist ehrlicher. Ich verbringe so viel Zeit wie nur möglich im Verlag und übernehme neben dem Feuilleton Aufträge für die Hintergrundredaktion, unter anderem den Auftrag für ein Interview mit einem bekannten katholischen Bischof, der durch seine Aussagen gegen die Homo-Ehe und gegen Kondome aufgefallen ist.

7

Ich treffe den Bischof in seiner Residenz neben der spätbarocken Kathedrale, die mich immer gestört hat, weil ich sie nicht mit der Armut Jesu oder dem Sterben am Kreuz verbinden kann. Ich bin überrascht, wie der Bischof auf den Vorwurf der veralteten Sexualmoral reagiert.

Ein dummes Argument, sagt er. Die Moral dient entweder dem Leben oder nicht, nur dieses Kriterium zählt. Was heute als Sexualität gilt, so der Bischof, ist eine kollektive Onanie. Freier Verkehr, das ist keine Moral der Freiheit, sondern eine beziehungsfeindliche Lüge. Wir töten die Liebesfähigkeit, wenn wir uns wie Befriedigungsmaschinen behandeln. Das führt in die Einsamkeit, so der Bischof, und dort gibt es keine Selbstvergessenheit, keinen Sex als männlich-weiblichen Urknall.

Um Himmels Willen, denke ich und versuche mit Zwischenfragen zu bremsen und die Gesprächskontrolle zu behalten und überlege, wie ich die Gedankengänge des Bischofs für die Leser verständlich oder wenigstens erträglich halten kann.

Ich frage den Bischof nach dem Ehesakrament, nach der von der Kirche immer wieder behaupteten Unauflöslichkeit, damit er mir doch bitte erkläre, wie denn eine Ehe fortbestehen können soll, wenn zwei Menschen sich nicht mehr lieben und nicht einmal mehr Gefühle des Vertrauens füreinander empfinden? Der Bischof erwidert, das sei nicht entscheidend, denn die Liebe sei gar kein Gefühl, das verloren gehen könne, sondern die Liebe löse nur Gefühle aus, und zwar ganz verschiedene. Die Liebe sei wie ein in den Himmel geschriebenes Versprechen, an dem der Mensch, anders als das Tier, bewusst festhalten könne: das gehöre zur Größe des Menschen, Teil eines göttlichen Bandes werden zu können, das alle Gefühlslagen übersteige, alle Egoismen und Engherzigkeit.

Nicht zu fassen, denke ich, was diese Theologen auf Lager haben, im Grunde wie die romantischen Klassiker! Aber nach dem Besuch beim Bischof muss ich mich fragen, wie man denn heutzutage überhaupt noch über die Liebe sprechen kann? Wie soll man das tun, ohne ins rein Evolutionspsychologische oder ins Zynische abzugleiten, oder in die andere Richtung, ins Idealistische, Überirdische? Und was soll das heißen, wenn der Bischof sagt, es gehe bei der Liebe nicht um das, was wir empfinden, weil die Liebe über den Gefühlen stehe?

Ich erinnere mich an viele, zum Teil schreckliche Zustände und Wetterumschwünge, die ich während meiner Ehe durchgemacht habe und die natürlich auch Veronika durchgemacht hat. Ich frage mich, wie sie jetzt mit diesen Erinnerungen umgeht, falls sie damit umgeht. Ich frage mich, was Veronika dagegen tun kann, falls sie etwas dagegen tun kann, und was sie jetzt gerade tut und denkt? Immer wieder stelle ich mir diese Fragen, bis ich es nicht mehr aushalte und mir sage, dass ich wissen muss, wie es ihr geht, dass ich sie sehen muss.

Ich gehe zu unserer gemeinsamen Wohnung und erinnere ich mich erst dort, dass Veronika ja bei der Mutter wohnt, seit ihrem Zusammenbruch, wie Lichtenberger es genannt hat. Also suche ich Veronikas Elternhaus in unserem ehemaligen Jugendviertel auf. Ohne ein Wort zu sagen, es reicht nicht einmal für eine knappe Begrüßung, werde ich von der Mutter hereingelassen.

Ich durchschreite den Korridor zum Wohnzimmer und sehe dann Veronika auf dem Sofa sitzen und erschrecke über die dünnen blassen Arme und das dünne blasse Gesicht. Und die Augen, die still auf mich gerichtet bleiben, als müsse sie überlegen, wer ich bin.

Ich setze mich zu ihr und nehme ihre Hand und halte sie und kann ihre Kraftlosigkeit nicht fassen. Immer wieder denke ich, wie grausam es von mir gewesen ist, erst jetzt zu kommen, obwohl ich doch wusste, dass Veronika von der Mutter gepflegt wird, in diesem Haus, mit der in allen Zimmern spürbaren Stimmung der Maximalverwirklichung, ihr wehrlos ausgesetzt. Und ich sitze da und begreife, dass ich sie im Stich gelassen habe. Ich sitze da, während sie mich mustert, ohne etwas zu sagen. Immer länger warte ich in ihr Schweigen hinein. Ich möchte sie umarmen, getraue mich aber nicht und denke, dass auch die Schultern – wie alles an ihr – vollkommen zerbrechlich geworden sind und sie kaputtgehen wird, wenn ich eine falsche Bewegung mache.

Ich warte und höre in der Ferne ein Geräusch. Wie das Donnern eines Gewitters irgendwo im Osten oder im Westen. Aber vielleicht kommt gar kein Gewitter auf uns zu, denke ich. Weil das Geräusch zu gleichmäßig klingt, ohne einen Moment der Unterbrechung, wie von einer Maschine. Ein Zug, denke ich, der sich nähert. Mit dem Tonnengewicht der Schweizerischen Bundesbahnen, das durch die Stadt rollt, direkt auf unser Quartier zu, in Richtung Veronika.

Veronika, die auf genau diesen Zug wartet und unter genau diesem Zug sterben möchte und vielleicht auch das Elternhaus von genau diesem Zug vernichtet sehen will.

Ich befehle Veronika aufzustehen und mit mir zu kommen. Sie reagiert nicht, also reiße ich sie hoch und dränge sie aus der Wohnstube, während die Zuggeräusche lauter werden. Im Korridor stoße ich Veronikas Mutter auf die Seite, die immer noch dort lauert und beginnt, auf uns einzureden, um uns ihre Vorstellungen und Ansichten aufzudrängen. Wie es immer wieder vorgekommen ist, dass wir von den Vorstellungen und Ansichten der Eltern bedrängt und behindert worden sind. Dass wir in ihrem Haus immer wieder mit den Wänden und verschlossenen Türen dieser Vorstellungen und Ansichten konfrontiert worden sind, und immer wieder versucht haben dagegen anzurennen, um ins Freie zu gelangen, gegen diese Wände und Türen zu schlagen, um die für uns falschen und von Grund auf fremden Vorstellungen und Ansichten zu durchbrechen und vorzustoßen ins Neue, Unverbaute. Aber dieser Kampf ist jetzt überhaupt nicht mehr nötig, denke ich. Ich kann sehen, wie zuerst die zitternden Fensterscheiben und dann die Türen und die Wände Risse bekommen, als der Zug eintrifft und in das Elternhaus donnert. Sofort werden Veronikas Mutter und der Hausgang und die Wände und Türen und Möbel von der Wucht fortgerissen.

Veronika und ich schaffen es nach draußen auf die Straße und rennen weiter. Für einen Moment denke ich, dass wir es doch nicht schaffen und ebenfalls fortgerissen werden. Aber wenigstens beide, denke ich und überlege, was für ein dummer Gedanke das ist und dass wir es schaffen werden, dass wir der Gefahr entkommen.

Endlich wird es um uns herum wieder still. Ich kann sehen, dass wir das Quartier hinter uns lassen, Hand in Hand, und ganz automatisch in Richtung See gehen, zu unserem Lieblingsplatz auf der Wiese beim Ufer. Wir legen uns hin, auch wenn die Angst immer noch da ist, dass der Zug kommt, dass wir aufpassen müssen.

Veronika atmet neben mir auf der Wiese, weich und schön wie eine Einladung, endlich ein Baby zu machen. Sie legt sich auf mich und lässt die langen schwarzen Haare über mein Gesicht streichen. Sie zieht sich aus und rutscht auf mir nach oben, um alles von mir küssen zu lassen, wonach es sie verlangt. Wie lange habe ich gefürchtet, sie nie mehr zu sehen und mit der Zeit zu vergessen, wie sie aussieht, verloren in der Dämmerung der Erinnerung.

Ich glaube, wir besuchen am nächsten Tag eine neue Stadt. Ich weiß nicht, wie diese Stadt heißt, aber das spielt keine Rolle, denn ich gehe mit Veronika durch die Straßen. Wir erreichen ein Haus, das aussieht wie ein teures Hotel, und eine Wohnung, die aussieht wie eine teure Suite. Veronika küsst mich, dann werfe ich sie aufs Bett. Es erfasst mich eine Gier, die zum Fürchten ist, weil ich überhaupt keine Angst habe, Veronika zu verletzen, sondern weil ich sie jagen und fesseln und aussaugen will, auch wenn sie Widerstand leistet und sich wegdreht: brutal runterdrücken, herumdrehen und an den Haaren reißen, damit sie gehorcht, damit sie schreit und wimmert. Bis ich hinübersehe zum Spiegel an der Zimmerwand, der die Szene einfängt: die wimmernde Veronika unter dem Körper des Mannes, der nicht die geringste Ähnlichkeit mit mir hat. Sondern der aussieht wie der Mann im Hotelzimmer, mit dem Veronika fremdgegangen ist.

Warum hast du das getan? Immer wieder kommt diese Frage, obwohl ich nichts mehr damit zu tun haben wollte und mir eingeredet habe, dass Veronika einfach nicht mehr wusste, was sie tat. Aber ich habe nicht geglaubt, dass Veronika nicht mehr wusste, was sie tat, sondern dass sie unsere Liebe ganz einfach verraten und zerstört hat. Ich habe nie verstanden, wie man so einen Verrat und so eine Zerstörung begehen kann, so wie ich nie verstanden habe, wie man der Berufswelt eine derartige Bedeutung geben kann.

Nur wer ohne menschliche Störsignale funktioniert, bleibt Teil des Humanverwertungsapparates und bekommt die nötige Anerkennung. Ein Apparat, aus dem Veronika nach ihrem Zusammenbruch für immer ausgeschieden worden ist, sobald die Vorgesetzten gesehen haben, dass Veronika wegen ihrer psychischen Probleme beschädigte Ware ist. Ein Ausgeschiedenwerden, das Veronika natürlich nicht nur als Enttäuschung und letztlich als Befreiung empfindet, sondern als Schande. Denn Veronika bezieht jetzt alles auf sich und bewirbt sich verzweifelt bei verschiedenen Unternehmen. Aber sie wird nicht einmal mehr zu einem Bewerbungsgespräch eingeladen.

Dann verschwindet Veronika plötzlich, niemand weiß warum. So wie auch niemand wissen kann, dass Veronika angefangen hat, Stimmen zu hören: Stimmen, die sie offenbar Tag und Nacht bedrängen und immer mehr bedrohen und verfolgen. Stimmen, die sie in einen immer größeren Schrecken treiben und schließlich dazu bringen, sich freiwillig in eine psychiatrische Klinik einliefern zu lassen, mit einer sogenannten Selbstanzeige.

Ich kann es nicht fassen, als ich den Anruf des Oberarztes der psychiatrischen Klinik bekomme und dann in diese

Klinik gehe, um frische Kleider, wie vom Pflegepersonal gewünscht, für Veronika mitzubringen. In der Klinik erfahre ich, dass sogenannte diagnostische Abklärungen laufen. Ich erfahre, dass man bei Veronika eine sogenannte Psychose vermutet, vielleicht kein langfristiges Phänomen, doch aber derart, dass zwecks Ruhigstellung eine Medikamentierung nötig ist.

8

Als man mir das Zimmer zeigt, in dem Veronika untergebracht ist, habe ich den Eindruck, dass dort nur eine lebensgroße Puppe wartet, die darauf programmiert ist, Veronika nachzuahmen. Eine Puppe, die minutenlang ihre Hände betrachtet und dann plötzlich, wie ferngesteuert, mit den Füßen auf den Boden stampft.

Veronika, sage ich und denke, dass sie mich hört, dass sie da ist und mich versteht. Aber dann denke ich, dass sie überhaupt nicht da ist und nichts versteht. Nur einmal schaut sie mich an und will wissen, ob ich unter dem Hemd ein Mikrophon versteckt habe.

Keine Ahnung, wovon sie spricht, oder warum sie auf einmal lächelt und mir zunickt, als sei uns beiden insgeheim klar, was sie mir sagen will: Als wüssten wir beide sehr wohl, was hier los ist, als seien wir eingeweiht in ein großes Geheimnis, über das wir nicht laut sprechen dürfen, nicht in diesem Zimmer, nicht in dieser Klinik, in der wir beobachtet werden. Ja, beobachtet von Leuten, die Veronika seit Tagen verfolgen und die sie umbringen wollen, wie sie mir zuflüstert – umbringen im Auftrag von Veronikas Ex-Chef, dem Leiter des Beratungsunternehmens, das sie entlassen hat.

Ich verstehe nicht, eine Verschwörung? Wie kann sie das ernst meinen? Eine Verschwörung des Beratungsunternehmens, das seit Jahren schmutzige Geschäfte abwickelt? Des Unternehmens, in dem Veronika angestellt gewesen ist und das sie regelmäßig ins Ausland geschickt hat? Ja, für dieses Unternehmen sollte sie neue Kunden gewinnen und für diese Kunden alles machen, was verlangt wurde. Manchmal musste Veronika Männer im Hotel verführen, um an Informationen heranzukommen, behauptet sie. Hure, flüstert Veronika und betrachtet wieder ihre Hände. Jahrelang, sagt sie, habe man sie für die Interessen der Agentur missbraucht und wolle sie jetzt, da sie zu viel wisse, endgültig loswerden.

Ich habe keine Ahnung, was ich jetzt sagen oder tun soll oder was ich jetzt auf keinen Fall sagen oder tun soll, um ihren Wahn nicht zu vergrößern. Ein Dilemma, in dem auch Veronikas Mutter steckt, die nicht weniger fassungslos ist und ihre Anwälte in Bewegung setzt, um die Tochter so schnell wie möglich aus der Klinik herauszubekommen.

In der Schweiz kann ein Mensch höchstens 14 Tage gegen seinen Willen interniert werden, sofern ihm weder Selbstgefährdung noch Fremdgefährdung attestiert wird. Eine Gefahr, die in Veronikas Fall von zwei unabhängigen Gutachtern ausgeschlossen wird. Gutachtern, denen wir Glauben schenken, so wie wir auch den Spezialisten für Psychiatrie und Neurologie Glauben schenken, weil es unserer Hoffnung entspricht, dass Veronikas Zustand bald besser wird und dieser Alptraum ein Ende findet.

Eine Hoffnung, die mich zu der Überzeugung bringt, dass wir jetzt einfach irgendwie versuchen müssen, unsere Ehe weiterzuführen, so gut es eben möglich ist. Ich will an dieses Rezept glauben, obwohl mir auffällt, wie Veronika zu Hause regelmäßig die Gardinen und Fensterläden prüft, die

Schranktüren und den Badezimmerschrank. Ich gehe über diese Episoden hinweg.

Das ist ein Fehler, der mich so blind macht wie die Gutachter und Spezialisten aus Psychiatrie und Neurologie. Veronika, von der niemand angenommen hat, dass die Worte Selbstmord oder todessehnsüchtig irgendwie zu ihr passen. Auch wenn am Ende kein Mensch sagen kann, welche Worte jemals zu Veronika gepasst haben und welche nicht, welche Fliehkräfte in ihr gewirkt haben und welche nicht. So wie ich bis heute nicht sagen kann, warum Veronika ausgerechnet an jenem Samstag Mitte April aus dem Haus gegangen ist, angeblich in den Supermarkt, um Einkäufe zu erledigen, aber ohne auch nur in die Nähe des Supermarktes zu kommen, sondern um sich eine Stelle zu suchen, an der es ihr möglich gewesen ist, die Geleise zu betreten.

Diese Stelle ist nicht weit entfernt von einem Wald und einem an diesem Wald vorbeiführenden Bach. Eine Stelle, die ich später aufgesucht habe, um den Anblick der Geleise und des Waldes und das Plätschern des Baches auf mich wirken zu lassen. In meiner Erinnerung sehe ich die Bäume und die Geleise, die den Schnellzug aus östlicher Richtung zum Bahnhof führen.

Ich stelle mir vor, wie Veronika wartet, in der Angst vor dem Schmerz im Moment des Aufpralls und zugleich in der Angst vor dem Weitermachen im Horror, den sie seit Monaten erlebt auf der Flucht vor den Dämonen, die sie, wie ich mir vorstelle, immer wieder gefangen genommen und gefoltert haben, während sie um Hilfe geschrien hat, ohne dass jemand etwas sehen konnte. Bis nur noch die Hoffnung geblieben ist, dass endlich der Zug kommt.

Bis tatsächlich der Zug gekommen ist und alles verändert hat und ich es bis heute nicht geschafft habe, den Wunsch zu töten, dass wir uns trotz allem wiedersehen – dass ich Veronika eines Tages erzählen kann, was nach ihrem Todeszug geschehen ist. Dass ich sie vielleicht zum Lachen bringen kann, wenn sie hört, wie ich nach dem Begräbnis, in den wie taubgeschlagenen Wochen, wieder begonnen habe zu beten und in die Kirche zu gehen. In die Kirche, um den Gottesdienst zu feiern und das Schuldbekenntnis zu hören, immer wieder Kyrie und Gloria, Lesung, Fürbitten, Wandlung und Friedensgruß. Manchmal saß ich am Abend allein in der Holzbank, um in das rote Auge des Ewigen Lichtes zu blicken, so lange und intensiv in dieses Ewige Licht hinein, bis mir die Erinnerung an meine Ehe vorgekommen ist wie ein Traum, den jemand anderes geträumt hat, aus einem Leben, das jemand anderes gelebt hat.

Ich werde Veronika, wenn wir uns wiedersehen, erzählen, wie mir nach einer Sonntagsmesse der katholische Bischof wiederbegegnet ist, den ich für die Zeitung interviewt hatte. Der Bischof hat mich zum Kaffee eingeladen, vielleicht wusste er von Veronikas Tod, gut möglich. Zuerst habe ich sein Angebot abgelehnt, mit einem Seelsorger der Pfarrei zu sprechen, aber dann habe ich mich eines Nachts betrunken vor das Fenster unserer Wohnstube gestellt und die menschenleere Straße beobachtet und gedacht, dass ich hier am Fenster unserer gemeinsamen Wohnstube stehe, ohne meine Frau. Und dass ich folglich gar nicht am Fenster unserer gemeinsamen Wohnung stehe und auch nie mehr stehen werde, weil davon nichts mehr existiert, sondern nur noch das Holz und die Steine dieses Gebäudes, das mich umgibt.

Diese plötzliche Erkenntnis hat mich verfolgt, als wäre eine solche Erkenntnis viel schlimmer als die Erinnerung an das Begräbnis, an die maskenhafte Blässe der Verwandten und Bekannten, die in der Abdankungskapelle oder am offenen Grab so ausgesehen haben wie Veronikas Bürokollegen, die erschienen waren, um ihrer einstigen, urnengroß eingeäscherten Mitarbeiterin die letzte Ehre zu erweisen.

Zum Glück konnte ich mich in dieser Zeit hineinretten in die Arbeit für die Zeitung. Kurz nach Veronikas Begräbnis ereignete sich in Paris ein islamistischer Terroranschlag, der mich als Kenner der Szene zu einer gefragten Stimme machte. Aufgrund früherer Arbeiten zum Islam habe ich für Onlineportale und Radiosender Einschätzungen geliefert und bin für das Schweizer Fernsehen wiederholt ins Studio gegangen. Diese Einsätze haben mich in gewisser Weise gerettet: ich konnte über die Opfer der Massaker berichten und dadurch den eigenen Wahnsinn zurückdrängen.

Jeden Tag waren immer neue Berichte gefragt, Kommentare, Sendungen, Einschätzungen, gefolgt von der immer gleichen Nacht zu Hause, mit einem Schlaf, der sich trotz Erschöpfung nicht einstellen will. Ein Schlaf, der boykottiert wird von der Wunde des Geistes, die sich wieder und wieder an sich selbst entzündet, während die Gedanken und Stimmungen in eine Spirale der Erschöpfung hineinführen, ohne dass der Körper Ruhe findet.

Es dauerte Monate, bis die Situation wieder besser wurde, wenigstens teilweise. Und während dieser ganzen Zeit blieben die Medien mit dem Terror beschäftigt, inzwischen hatte er auch in Brüssel zugeschlagen. In einem Hintergrundartikel warf ich die Frage auf, wie eigentlich das Christentum zur Figur des Märtyrers und zum sogenannten Selbstmord-

Attentäter steht? Mir war klar, dass Jesus keinerlei Gewalt befürwortet und dass der christliche Märtyrer in der Regel ein Mensch ist, der für den Glauben getötet wird und nicht umgekehrt. Wie aber, habe ich mich gefragt, steht die Kirche zum Christen, der sich selber tötet? Wie steht die Kirche zu Menschen wie Veronika?

Das wollte ich vom Bischof erfahren, der aber gerade außer Landes war, weshalb ich vom sogenannten Bischofsvikar empfangen wurde. Ein Mann etwa in meinem Alter, mit dem das Gespräch gleich sehr persönlich wurde. Vor allem hat mich überrascht, wie gut der Bischofsvikar meinen Ekel vor der Welt verstanden hat, meine Verachtung für alle, die Veronikas Tod irgendwie akzeptieren: sei es die Mutter, sei es Lichtenberger, seien es andere Bekannte. Meine Verachtung für die Schönfärber des Lebens, für die geistlose Oberflächlichkeit der Gesellschaft, die als Lebenstüchtigkeit ausgegeben wird. Selbst meine Verachtung für die billigen Tröstungen der Kirche. Tröstungen, so empfinde ich es, ohne Respekt für die Realität des Todes, der weltweit Unzählige in den Gräbern verrotten lässt und Wunden in die Hinterbliebenen geschlagen hat und jeden Tag, mit jedem neuen Sterben, weiterhin schlägt. Ich habe erlebt, wie der Bischofsvikar diesen Ekel und diese Verachtung wie etwas vollkommen Natürliches entgegengenommen hat. Genau wie unsere Zweifel und Abgründe, so hat er es formuliert, etwas Natürliches seien und nichts daran änderten, dass der Mensch, der sein Leben lang durch seine Zweifel und Abgründe gehe, unterwegs sei zu Gott.

Das war für mich in gewisser Weise beeindruckend, aber doch Unsinn. Außerhalb der Kinder- und Märchenwelt ist ein personaler Gott für mich immer unvorstellbar gewesen und ein Mensch, der daran glaubt, mehr oder weniger albern. Bis zu diesem Bischofsvikar. Für seinen Glauben schien dieser Mann den Grausamkeitszustand der Welt nicht einen Augenblick lang leugnen oder verharmlosen zu müssen. Als wäre es völlig klar, dass der Grausamkeitszustand der Welt eine konstante Wirklichkeit sei und doch, wie dunkel auch immer, vorübergehen werde und keine letzte Macht über uns habe – sondern dass das letzte Wort, genau wie das erste Wort, Gott gehöre.

9

Intellektuell angeregt von der Begegnung mit dem Bischofsvikar habe ich neue Bücher über Christentum und Aufklärung gelesen und dazu Artikel verfasst und für neuen Ärger gesorgt. Wahrscheinlich deshalb, weil ich weder das Christentum noch die Kirche als natürliche Feinde der Freiheit dargestellt habe oder als blutige Geschichtsgrößen, um zugleich die Freiheitsfeindlichkeit und Gewalttätigkeit aller anderen historischen Bewegungen in Watte zu packen. Ich habe mich geweigert, ein solches billiges Christentum-Bashing mitzumachen und auch noch als Journalismus auszugeben, vielmehr wollte ich ernsthaft versuchen, die Bedeutung des Glaubens zu verstehen und das, was ich verstanden hatte, dem kritischen Urteil der Leserschaft anzubieten.

Ich konnte nicht wissen, wie schnell mich dieses Anliegen in die Frontalkollision mit unseren fortschrittlichen Meinungsmachern führen würde, für die alle katholischen Priester potentielle Kindervergewaltiger sind und die in der Kirche nur einen globalen Schwulenclub sehen, mit Zölibat und Homophobie zur Abwehr der eigenen Triebe.

Auch Lichtenberger macht mich auf diese Klischees aufmerksam und versucht, mich vor den damit zusammenhängenden, allgemeinen Denkverboten der Kultur- und Medienszene zu warnen. Zum Glück treffen wir uns auch nach dem

Tod von Veronika regelmäßig, meistens in Lichtenbergers Wohnung, weil ich meine Wohnung nicht ertrage und weil der Freund immer hochkarätige Flaschen im Keller hat.

Einmal genießen wir Bordeaux und Amarone und debattieren so intensiv wie lange nicht mehr: über Theater, Literatur, Politik. Lichtenberger meint, ich solle in Zukunft keine kirchenfreundlichen Artikel mehr schreiben. Das geht nicht, betont er. Heute darfst du nur noch die Gebote der sexuellen Entgrenzung verkünden, die Durchschnittsgedanken des Wohlstands-Humanisten mit seinen feministisch verpackten Domina-Träumen und seinen Charterflug-Sehnsüchten.

Ich denke über diese Gedanken während der zweiten oder dritten Weinflasche gründlich nach. Es ist immer wieder erstaunlich, wie klar Lichtenberger die Dinge sieht und wie gut er es versteht, seine Beobachtungen auf den Punkt zu bringen.

Seit Anbeginn der Zeit, fährt Lichtenberger fort, sei es um Entgrenzung gegangen. Schon immer sei der Motor aller Kriege und Herrschaftswechsel und aller wissenschaftlichen, politischen wie kulturellen Leistungen nichts anderes gewesen als der Wunsch nach Anerkennung und Ruhm. Und zwar deshalb, weil Anerkennung und Ruhm einen möglichst freien Zugang zu möglichst viel Sex gestatten würden, auch den Zugang zu verbotenen Frauen und Männern, von denen es in der Weltgeschichte nur so wimmle, zu welcher Epoche und auf welchem Erdteil auch immer. Nie habe ein Mann auf dieser Welt Großes geleistet oder zerstört und fremdes Großes durch das eigene Große ersetzt, ohne seine hungrige, einsam herangeschwollene Lust in der Hand, sagt Lichtenberger. Nie sei der aufwiegelnde, sich gegen Obrigkeit und Moral durchsetzende Mann ohne eine solche Lust in der Hand aufgestanden. Wohin man in der Menschheitsgeschichte auch blicke, aufmuckende Lustmolche hüben und drüben. Und seit der Gleichberechtigung aufmuckende Schlampen hüben und drüben. Der ganze Feminismus, so Lichtenberger, sei genau wie der Liberalismus eine massenhysterische Pubertät, die Erregung von Halbwüchsigen, die gegen das jüdisch-christliche Fundament ihres Elternhauses anrammelten.

Ja, dieser Diagnose ist hundertprozentig zuzustimmen. Und gerade deswegen will ich, während der vierten Flasche, von Lichtenberger wissen, ob denn diese Diagnose auch auf das moderne Theater angewendet werden könne?

Wenn es in der Geschichte immer nur um möglichst viel Lustgewinn gegangen ist, sage ich zu Lichtenberger, und wenn es heute keine kulturellen oder religiösen Hindernisse mehr gibt, die uns von diesem Lustgewinn fernhalten, wo sollen Dramatiker und Regisseure, die sich für Beziehungen interessieren, noch Spannendes finden? Wenn jeder alles genießen kann, wo bleibt die dramatische Reibungsfläche? Ist das der Grund, warum auch Schriftsteller immer mehr von der konservativen Vergangenheit erzählen, um überhaupt noch Sprengstoff zu finden?

Ganz genau so ist es!, ruft Lichtenberger. Offensichtlich macht er als Regisseur seit Jahren die Erfahrung, wie schwer es ist, das Theaterpublikum mit Sex und Blut wachzurütteln, weil die Realität alles überholt hat. Dabei ist doch das Theater gemäß Lichtenberger erst dann eine Kunstform, wenn das Publikum nach dem Schlussvorhang nicht einfach klatschen und unbehelligt nach Hause gehen kann, sondern vor den Kopf gestoßen ist. Immer wieder hat Lichtenberger versucht, das Zürcher Publikum hineinzustoßen in eine maximale

Irritation, in ein Nachdenken über sich selbst, aber womit will man heutzutage irritieren? Mit der alten Gleichstellung von Faschismus und Bürgertum? Mit Schwulen- und Transgenderpornos?

Auch in diesem Punkt ist Lichtenbergers Diagnose scharf: Das Publikum praktiziert frühere Bühnen-Skandale längst selber im eigenen Leben und veranstaltet reale kleine Spießer-Orgien und schlachtet reale kleine Kinder im Mutterbauch, weil die Frauen ihren Körper nur noch als Besitz betrachten, als Modelliermasse fürs Fitnesscenter, wie auch die Männer nur noch von ihrem Spiegelbild besessen sind und sich kreuz und queer durch die Lebensabschnittspartner blättern.

Alles vollkommen undramatisch, meint Lichtenberger, das will niemand auf der Bühne sehen. Lieber die tausendste Neuauflage eines Klassikers, um immer wieder von der Gegenwart abzulenken! Längst haben wir uns an die postmoderne Versorgungs-Zufriedenheit als postmoderne Einsamkeit gewöhnt und gähnen nur noch, wenn ein Theater versucht, diese All-inclusive-Hölle darzustellen.

Natürlich, antworte ich, um heute anzuecken, muss man die Leute wütend machen, so dass sie nach draußen stürmen und die Absetzung des Stücks fordern! Aber wie wäre das heute zu erreichen? Vielleicht mit der Inszenierung einer jungen hübschen Frau, die sich auf der Bühne in keiner einzigen Szene auszieht und sich die ganze Zeit anständig benimmt? Eine Frau, die in gebildeter Sprache verkündet, dass sie Politikwissenschaften studiert hat und sowohl Seitensprünge wie auch die gesamte Arbeitswelt banal findet und lieber eine glückliche Vollzeitmutter und Ehegattin ist. Eine Mutter, die tapfer ankämpft gegen gewisse Karrierefrauen, die während dem Theaterstück als Zombies Angst und Schrecken verbreiten. Aber die Heldin kann alle Zombies vertreiben und wird von der Schauspielerin so begehrenswert dargestellt, dass das Publikum sie hassen muss, je länger sie glücklich strahlt, wenn am Abend der alleinverdienende Mann nach Hause kommt.

Grauenhaft, unerträglich!, begeistert sich Lichtenberger. Für so ein Schauspiel würden uns sämtliche Kultur- und Genderbeauftragten in Grund und Boden stampfen, die Theaterleitung würde uns in die Wüste schicken, damit wir nie mehr eine Bühne bekommen!

Es wäre fantastisch, fährt Lichtenberger fort, nachdem er uns nachgeschenkt hat. Aber leider würde kein Autor je so ein Stück schreiben, weil Autoren, anders als Schauspieler oder Kritiker, recht intelligent seien und ihnen also jederzeit klar sein dürfte, dass niemand so ein Stück je aufführen würde. Auch wenn es toll wäre, den Zuschauer für ein einziges Mal aus seiner Selbstzufriedenheit zu reißen und ihm zu zeigen, dass er nicht so liberal und tolerant ist wie er meint, sondern nur ein spießiger kleiner Gesinnungspolizist. Einer, der sofort hochginge, wenn die Gebote der sexuellen Entgrenzung in Frage gestellt und einem klassischen Eheglück gegenübergestellt würden. Am Schluss dieses Theaterstücks, meint Lichtenberger bei der fünften Flasche, könne man die von den Karrierefrauen getöteten Föten auf die Bühne regnen lassen, von der Theaterdecke herunter auf die Köpfe der Schauspieler, ein Fleisch- und Blutregen aus dem Himmel der Abtreibungskliniken!

Genial, sage ich. Dann muss ich lachen, wie schon seit Monaten und vielleicht seit Jahren nicht mehr. Und natürlich habe ich Verständnis dafür, dass auch Lichtenberger nie so ein Stück über eine glückliche Vollzeitmutter inszenieren wird. Als Regisseur ist er immer klug genug gewesen, in keinem Fall die offizielle Kulturreligion in Frage zu stellen, so wie es sich kein offizieller Künstler, wie pseudo-originell auch immer, je erlauben wird, die offizielle Kulturreligion in Frage zu stellen. Natürlich sind viele Glaubenssätze dieser Religion nicht gleich zu erkennen und treten erst ins Bewusstsein, wenn wir weniger darauf achten, was diese Kultur produziert und als Ideal vorgibt, als vielmehr darauf, was sie nicht produziert und niemals als Ideal vorgibt. Neben der Geschichte der glücklichen Vollzeitmutter wird es zum Beispiel niemals den Kinofilm zum heroischen konservativen Politiker oder zur totalitären Migranten- und Tierliebhaberin geben, so wenig wie den Roman vom schwulen Serienkiller. Statt dessen immer nur Geschichten gegen die monogame heterosexuelle Ehe, sei es als Ausbruch aus der Vorstadthölle wie bei den 1968ern, sei es postmodern als befreite großstädtische Kollektivonanie. Hauptsache gegen die heterosexuelle Ehe und alle damit verbundenen Werte, die immer nur kleinbürgerlich und faschistisch dargestellt werden dürfen.

Ich kann Lichtenberger wirklich verstehen, dass er sich nie gegen diese ungeschriebenen Gesetze gestellt hat. Wer etwas werden will als Theatermensch, Schriftsteller, Musiker, Künstler, Filmmensch, ja selbst als Journalist, der darf die Kultur-Hohepriester nicht gegen sich haben und darf ihre Art des Denkens niemals in Frage stellen. Und natürlich habe ich das ebenfalls gewusst und hätte mich entsprechend klug verhalten können.

10

Genau genommen verhalte ich mich im Vergleich zu Lichtenberger sogar dumm, da ich zur herrschenden Kultur nicht nur auf Distanz gehe, sondern auf Konfrontation, sei es mit den Kollegen von der Redaktion, sei es mit befreundeten Intellektuellen. Es verursacht in mir Brechreiz, wenn ich beobachte, wie sich die moralische Selbstveredelung meiner Kollegen auf einer Flughöhe bewegt, die alle Einwände und Fragezeichen aus dem Tal der Normalsterblichen überwunden hat.

Getrieben von Rachegelüsten plane ich einen neuen Roman, in der Hauptrolle ein Witwer, der über den Verlust seiner Frau hinwegkommen muss und am Ende nicht nur Priester wird, sondern, bei einem tragischen Fabrikunfall, viele Menschenleben rettet. Die Begeisterung meines Verlegers hält sich in Grenzen, denn die Geschichte vom guten Priester hat in der Literaturszene noch viel weniger Chancen als die Geschichte von der glücklichen Vollzeitmutter. Also will der Verleger das Manuskript überarbeiten, das heißt: ein vollkommen neues Manuskript daraus machen, mit einer zeitgemäßen Geschichte, etwa über einen Witwer, der nach Asien reist und durch esoterische Einsichten, zwischen spirituell verklärten Sexszenen, zu neuem Lebensmut findet.

Nicht nur, dass ich keine Lust habe, einen solchen Schwachsinn zu schreiben – es wäre mir ein ekelhafter Selbstverrat, auf diese Weise den Seelenbankrott, der ohnehin um sich greift, auch noch literarisch abzufeiern. Obwohl ich ehrlicherweise zugeben muss, dass ich manchmal nicht sicher bin, warum ich wirklich so schlecht von unserer Kultur denke. Ist es Widerstandsgeist oder eine Depression, wie Lichtenberger meint?

Tatsächlich gibt es ja Leute, die springen bei Depressionen nicht vor den Zug oder von der Brücke oder erhängen sich, sondern saufen und rauchen sich langsam, über Jahre, zu Tode. Im Fall meiner Person könnte man sagen, dass ich mich über Jahre öffentlich zu Tode ausstelle. Und dass diese mehrheitsunfähigen Positionen nur Mittel zum Zweck der Selbstzerstörung sind, so wie beim Süchtigen Schnaps und Zigaretten.

Manchmal finde ich ein paar Stunden Schlaf und träume wirres Zeug. In einem dieser Träume trage ich eine Maschinenpistole durch die Stadt. Ich fühle mich stark und betrete ein Gebäude. Ich suche die Räume meiner Kollegen in der Zeitungsredaktion auf. Ich gehe von Büro zu Büro bis in den Pausenraum mit dem Kaffeeautomaten, der uns seit Jahren vergiftet, und schieße zuerst diesen Automaten und dann die Kollegen über den Haufen: in die Beine, in den Bauch, zwischen die Augen, wobei völlig klar ist, dass sich die Kollegen ihr Schicksal selber zuzuschreiben haben, weil sie nichts anderes sind als Zeitgeisthuren, nichts anderes als publizistische Herdentiere.

Das Schlimmste an diesem Traum ist nicht die Tatsache, dass ich alle meine Kollegen erwische, selbst den romantischen Auslandsredakteur, der sich aus dem Fenster gestürzt hat. Das Schlimmste ist die Ähnlichkeit mit den Anschlägen von Paris, über die ich berichtet habe, und dass ich mich im Traum verbunden fühle mit den Terroristen.

An einem besonders üblen Wochenende habe ich eine Art Vision, die sich so real anfühlt, als wäre bisher alles andere nur ein Traum gewesen. Es ist, als sei ich plötzlich an einem bedrohlichen Ort gefangen.

Ich sehe einen Saal mit dekorierten Tischen unter einem Kronleuchter und denke dabei das Wort Berlin. Ich gehöre, denke ich, zu einer Gruppe von Geiseln, wobei sich hinten im Saal eine Spiegelwand befindet, mit Einschusslöchern, die aussehen wie diamantfarbene Spinnennetze, verursacht von bärtigen jungen Männern mit Kalaschnikows und Sprengstoffwesten, die uns bewachen. Vorne steht der Anführer Hamed S. und spricht zum Ersten Deutschen Fernsehen, wobei ich keine Ahnung habe, warum ich das so genau sagen kann, aber ich bin mir sicher und erkenne die am Boden sitzenden Geiseln, vor den blumengesäumten Tischen.

Warum wehren wir uns nicht? Das frage ich mich und bin mir zugleich bewusst, wie feige wir gewesen sind während der Hinrichtungen mit dem Schwert und mit Kopfschüssen, wie wir zugeschaut haben, als man die Leichen in den Nebenraum geschleppt hat, die Leichen des Literaturnobelpreisträgers X. und des Ismail Nagibi, die Leichen der Filmschauspielerin und der Bundespolitikerin.

Nun ertönt aus der Geiselgruppe ein Schrei, der sich nicht ängstlich oder panisch anhört, sondern wütend. Es ist ein etwa dreißigjähriger Mann, ein US-amerikanischer Internet-Milliardär, wenn ich ihn nicht mit einem anderen Gesicht aus den Medien verwechsle. Er springt hoch und rennt auf einen Terroristen zu, um ihm zu überwältigen, aber nicht allein, sondern gemeinsam mit drei Männern, die einen Kurzhaarschnitt haben und kräftig wirken, vielleicht Bodyguards.

Diese Bodyguards, wenn es Bodyguards sind, verpassen dem Terroristen Fußtritte in die Kniescheiben, Faustschläge auf Nase und Hinterkopf und gegen den Hals, während der Internet-Milliardär die Maschinenpistole an sich nimmt und in Anschlag bringt und sogleich, ohne einen Moment zu zögern, losschießt, in Richtung der anderen herbeieilenden Terroristen. Möglicherweise ist der Milliardär ein Sportschütze, denn er trifft einen Angreifer ins Bein sowie in die Brust und feuert weiter und trifft einen zweiten Terroristen im Gesicht. Dann wird er selber getroffen und stößt gegen einen Tisch und reißt Teller und Gläser und die Blumendekoration mit sich zu Boden.

Die Bodyguards, wenn es Bodyguards sind, werden ebenfalls getroffen, die ersten beiden fast gleichzeitig, während der dritte länger durchhält, unter dem Einsatz einer beeindruckenden Kampfkunst: mit gestreckten, propellerhaft herumwirbelnden Beinen und angewinkelten Ellbogen in die Schläfen des Gegners und mit harten Fingerstechern in die Augen. Der Mann kämpft sich durch den halben Saal, in Richtung Hamed S., der die ganze Zeit ruhig wirkt und nach seinem im Gürtel steckenden Schwert greift. Er wartet, bis der Bodyguard in Reichweite ist und stößt es ihm so fest in den Hals, dass das Schwert hinten wieder rauskommt, wobei der Bodyguard noch in der Lage ist, Hamed S. an den Schultern zu packen und festzuhalten, bevor er zu Boden geht.

Hamed S. blickt auf den sterbenden Angreifer, vielleicht weil er beeindruckt ist, vielleicht weil er sich für einen Moment sammeln muss. Inzwischen bringt man den Internet-

Milliardär, der noch lebt, nach vorne. Hamed S. lässt ihn niederknien, mit dem Gesicht zu den anderen Geiseln, und schießt ihm von hinten in den Kopf, damit alle noch vor der Explosion den Schrecken in den Augen sehen können. Sodann erklärt Hamed S. dem Ersten Deutschen Fernsehen, warum der Mann den Tod verdient hat, nämlich, weil er ein Zerstörer der Seele gewesen sei, ein Machthaber über die weltweite digitale Verwertung des Menschen.

Keine der Geiseln reagiert, natürlich nicht, weil ihnen allen der Anblick der Augen des Milliardärs im Moment der Exekution durch den Kopf geht – so wie es mir durch den Kopf geht, dass meine Augen in meinem Kopf bald auch so aussehen werden wie die Augen im Kopf des Internet-Milliardärs.

Hamed S. lässt die Leichen wegschaffen und nimmt die Gästeliste zur Hand, die er seit Beginn des Abends dazu benutzt hat, die Namen der Angeklagten vor dem Gericht Allahs des Allerbarmers vorzulesen und nach vorne zu rufen. Nun studiert er die Liste, als wäre er nicht sicher, wer als nächstes hingerichtet werden muss. Dann ruft er zwei Namen auf: die schwulen Modeschöpfer H. und I., deren Gesichter ebenfalls aus den Medien bekannt sind und die zuerst am Boden sitzen bleiben, als hätten sie nichts gehört, bis die Terrorbrüder sie ausfindig machen und nach vorn bringen.

Ich schätze den Altersunterschied zwischen den beiden Männern auf knapp 20 Jahre. Sie könnten Vater und Sohn sein, aber aus den Medien weiß man, dass sie ein Paar sind. Sie tragen den gleichen schwarzen Anzug mit dem gleichen weißen Hemd, dazu die gleiche Designerbrille mit dem gleichen schwarzen Rand. Als sie vor der Kamera des Ersten

Deutschen Fernsehens stehen, wird die Anklageschrift verlesen.

Diese beiden Männer hätten sich, so heißt es, nicht nur der Todsünde der Homosexualität und der öffentlichen Inszenierung und Propagandierung dieser Perversion schuldig gemacht. Sondern es sei ihnen um die kulturelle Auslöschung des Männlichen an sich gegangen. Deswegen hätten sie den von ihnen entworfenen Kleidern und Schuhen und Schmuckwaren eine heterophobe Ästhetik eingehaucht und diese Ästhetik immer weitergetrieben, durch die Inszenierung mit ausgehungerten unfruchtbaren Frauen und ausgehungerten femininen Männern, die vom Körperbau her alle knabenhaft aussehen würden, wie Geschöpfe aus den Hirngespinsten eines Pädophilen. Es handle sich also um den Versuch der kulturellen Auslöschung des Männlichen durch eine Mode, die im Westen überall als Diversität gefeiert werde, hinter der in Wahrheit aber nichts anderes stecke als die Verachtung für die Natur. Die Verachtung als Hass auf die Schöpfungsordnung und auch auf das Weibliche als heilige Mutterschaft, dem höchsten Ziel aller Frauen.

Und damit blickt Hamed S. zu den Angeklagten, die zu zittern begonnen haben, beide auf ähnliche Weise, zuerst mit den Beinen und dann mit den Armen. Vielleicht wollen sie etwas zu ihrer Verteidigung sagen oder die in der Anklageschrift aufgezählten Punkte zurückweisen, vielleicht in die Kamera des Ersten Deutschen Fernsehens oder zu ihrem Ankläger, doch sie sagen nichts, weder in die Kamera noch zu Hamed S.

Die Modeschöpfer werden, wie zuvor der Internet-Milliardär, in die Knie gezwungen, doch anders als beim Milliardär, schießt man ihnen nicht in den Kopf, sondern vier Terrorbrüder bilden einen Kreis um sie und schlagen mit den Gewehrkolben auf sie ein. Die schwarz geränderten Brillen fliegen weg, während die Schreie immer lauter werden und die Modeschöpfer versuchen, zu entkommen und wegzuspringen oder zwischen den Beinen der Terrorbrüder hindurchzukriechen. Wieder und wieder fahren und hacken die Gewehrkolben herunter, auf Kopf und Rücken und auf schützend ausgestreckte Hände, auf Arme und Nase und Mund, bis die Schreie leiser werden und die weißen Hemden und schwarzen Anzüge sich ganz mit dem Durcheinander aus verrenkten, aufeinanderliegenden Körperteilen vermischt haben.

Nun getraut sich eine Geisel, ein Geräusch von sich zu geben, eine Art Jammern, das schließlich die Runde macht, bis mehrere Geiseln jammern und heulen, bis ich es nicht mehr ertrage. Ich stehe auf und sage ihnen meine Meinung. Dass sie ekelhaft sind und dass wir alle ekelhaft sind. Weil wir es nicht über uns gebracht haben, dem Internet-Milliardär zu helfen. Weil wir uns nicht aus unserer Feigheit reißen lassen und es sich dabei nicht um eine kurzfristige, auf den Abend beschränkte Feigheit handelt, sondern um eine über Jahrzehnte herangewachsene Feigheit. Um eine Feigheit, die wir jeden Tag zugelassen und gedankenlos in uns reingelassen haben, mit unserer schläfrigen, wohlstandverblödeten Existenzweise.

Ich schreie die Geiseln so lange an, bis man mich wegzerrt. Bis man mir einen Gegenstand ins Gesicht schlägt, wahrscheinlich einen Gewehrkolben, wobei der Schmerz explodiert, als wäre die Welt ein platzender Luftballon, der uns ins Nichts fallen lässt.

11

Als ich aus dieser Vision erwache und wieder zu mir komme, offenbar immer noch in meiner Wohnung – auf dem Sofa in der Stube – verspüre ich im Gesicht so starke Schmerzen, dass ich zuerst panisch werde, weil ich sicher bin, dass alles echt gewesen ist und die Terroristen gleich zurückkommen und weitermachen werden. Dann gehe ich ins Badezimmer und stelle mich vor den Spiegel, um zu sehen, wie schlimm das Gesicht aussieht, aber es sind keine Wunden zu sehen.

Ich werde verrückt, denke ich und sage mir, dass es auf keinen Fall so weitergehen kann. Ich muss raus aus dieser Wohnung und raus aus diesen Gedanken. Trotzdem denke ich immer wieder an die Geiseln in diesem Saal und überlege, dass das mutlose schwache Benehmen dieser Geiseln, auch wenn ich alles nur geträumt habe, sehr realistisch gewesen ist. Dass die meisten Menschen in der Wirklichkeit ebenso feige und opportunistisch sind wie die Geiseln in meinem Traum, insbesondere Akademiker und Kulturschaffende. Und natürlich bin ich da keine Ausnahme, denn wir sind von Natur aus Herdentiere, und das bedeutet: Tiere, die zwar in alle möglichen Richtungen gehen und Abenteuer erleben wollen, mit einem Imponiergehabe ähnlich wie gewisse Affen, aber niemals in die Richtung, die den Verlust der Herdenwärme nach sich zöge.

Das Herdentier, denke ich, hat den größten Horror vor dem Ausscheren, weil dann Einsamkeit und Kälte drohen. Der Herdentrieb, denke ich, ist der ursprünglichste Feind der Courage und der Freiheit und der wirkungsvollste Angriff auf alle, die unsere Hilfe bräuchten, die sich nicht anpassen können und die gegen das Mitläufertum kämpfen. Der Herdentrieb erzeugt die verschiedenen Glaubens- und Meinungsdiktaturen, die wir auch im heutigen Westen nach wie vor haben und die sich von der Glaubens- und Meinungsdiktatur in islamischen oder asiatischen Regimes nur durch den Grad ihrer Unauffälligkeit und Hinterhältigkeit unterscheiden.

Das alles bedeutet natürlich nicht, dass Lichtenberger danebenliegt, wenn er mich für depressiv hält, wie er bei unserem letzten Treffen gesagt hat. Vielleicht bin ich schon lange depressiv und kann es nicht akzeptieren und träume deshalb solche grässlichen Dinge. Aber wie soll ich mir helfen lassen, wie kann sich irgendjemand in so einer Situation helfen lassen? Genau genommen haben wir alle eine Depression, sobald wir hinsehen, was in der Welt geschieht und wie die Leute sind. Sobald wir nachdenken statt im Halbkoma die Tage abzuschreiten, sobald wir uns auf Menschen einlassen und uns diese ihr wahres Gesicht zeigen.

Von Anfang an hat mir Veronikas Mutter die Schuld am Selbstmord ihrer Tochter gegeben. Genauso, wie sie mir schon vor der Hochzeit klargemacht hat, dass sie sich für die Karriere ihrer Tochter etwas anderes vorgestellt hat als mich, weil Veronika nicht mich, sondern die Welt erobern sollte. Immer wieder habe ich solche Anfeindungen ertragen müssen und ihr schließlich gesagt, dass sie ihre Tochter getötet hat, so wie alle Hippiefrauen ihre Töchter getötet haben.

Der lebenslange Dienst am Kapital, der Stress im Büro als weibliche Befreiung? Eine ganze Generation drogenverblödeter Mütter, die ihre Töchter nicht als lebenslange Liebe eines Mannes sehen wollten, sondern als pillenfitte Lebensabschnitt-Konkubine aller Männer.

Aber natürlich ist Veronikas Mutter für solche Argumente nicht zu haben, und natürlich hilft es mir nicht dabei, die Schuldgefühle gegenüber Veronika zu töten oder wenigstens für eine gewisse Zeit ohnmächtig zu schlagen.

Zum Glück sorgt Lichtenberger dafür, dass ich ab und zu unter die Leute gehe. Er schleppt mich zu Anlässen, bei denen ich Kreative vom Theater oder aus der Filmwelt treffe, die alle nett sind und die herrschende politische Korrektheit selbstverständlich kritisieren, als hätten sie schon immer dagegen gekämpft und würden sich der offiziellen Kulturkirche niemals unterordnen.

Manchmal begegne ich an diesen Abenden auch Frauen und bin überrascht, dass sie an mir Interesse zeigen. Eine dieser Frauen treffe ich später in der Stadt und lade sie zu mir nach Hause ein. Dort nimmt sie, als wäre nichts Besonderes dabei, meine Hand und wartet, bis ich sie küsse. Sie wartet, bis ich die Augen schließe und ihr durch eine neue Stimmung folge. Bis ich dem Geruch ihrer Hoffnungen folge, mit der Milchfarbe ihres Bauchs. Es ist, als würde ich mit ihr fallen und gleichzeitig hochsteigen. Als würde ich diesen Geruch genau kennen, das Flüstern dieser Versprechen, die wiederkehren. Denn es ist ganz und gar Veronika, die ich rieche und von der ich trinke, ganz und gar Veronika, die in meinen Armen liegt oder unter meinen Schenkeln wegtaucht. Bist du es wirklich, ist es möglich, dass der Tod auf Befehl Gottes eine Ausnahme gemacht hat?

Nein, ich merke es trotz der Hast ihres Atems und dem Hochzeitsappetit ihrer Küsse, dass das alles nicht zu Veronika gehört, dass es fremde Augen sind, fremde Hände und fremde Wärmegrade des Geflüsters in der Landschaft des Bettes. Und ich denke, dass gewisse Menschen den Tod ihrer Geliebten angeblich überstehen. Und ich denke, dass mir das immer unbegreiflich bleiben wird, weil der Tod, von einer Sekunde auf die andere, alle Beziehungen auslöscht und nichts davon bleiben wird und es vollkommen unmöglich ist, das zu ertragen.

Es ist ein Selbstbetrug und nichts anderes, und es tut mir leid, dass mir das erst jetzt bewusst wird, nachdem ich diese neue Frau in mein Bett gelassen habe. Denn sie ruft in den kommenden Wochen immer wieder an, um eine Beziehung aus uns zu machen. Wie gern würde ich, nur schon aus Anstand, darauf eingehen, aber ich möchte ihr nicht das Leben versauen. Ich möchte sie nicht hineinziehen in die radikale Müdigkeit, die jetzt alles erfasst und mit der ich immer noch, warum auch immer, gegen das Loslassen ankämpfe, gegen das Aufhören und Verschwinden.

Aber dann schaffe ich es doch eines Abends und suche nach Sonnenuntergang die Stelle auf, die auch Veronika an jenem Tag aufgesucht hat.

Ich betrete die Geleise in der Nähe des Waldes. Ich lasse den Anblick der Geleise und des Waldes und das Plätschern des Bachs auf mich wirken und denke an Veronika und warte auf den Schnellzug. Ich schließe die Augen und denke: Es ist jetzt wirklich, es ist jetzt endlich wirklich. Ich höre das Plätschern und rieche das Leben, das vom Wald herübergeweht wird. Ich rieche das Holz und das Gras und die Nacht und denke: So hat sie gewartet, so hat sie die Augen geschlossen.

Aber dann denke ich, dass ich überhaupt nicht weiß, was geschehen ist, dass niemand das wissen kann. Niemand hat von Veronika erfahren, was geschehen ist, und hat je ein Mensch erfahren, warum ein anderer sich beseitigt und aus der Zeit herausgetötet hat. Auch Veronikas Mutter kann nichts tun gegen dieses Unwissen und ist für diese Katastrophe vielleicht gar nicht der Grund. Denn Veronika hat ihr Leben lang fast jeden Ratschlag in den Wind geschlagen und immer die totale Selbstbestimmung gesucht. Veronika hat weder auf die Mutter noch auf mich gehört, sondern immer nur getan, was sie für richtig hielt. Sie ist nicht das Opfer der Mutter oder des Chefs oder der bösen kapitalistischen Umgebung, sondern ihrer eigenen Besessenheit in Bezug auf Leistung und Erfolg, so, wie es heute viele Menschen geworden sind.

Natürlich!, denke ich mit geschlossenen Augen auf den Geleisen in Erwartung des Schnellzugs. Was Veronika getan hat, haben viele getan und tun es weiter, und sie alle tun es in der Überzeugung, dass sie immer erfolgreicher sein wollen und dass sie sich am Ende umbringen müssen. Wahnsinn!, denke ich auf den Geleisen in Erwartung des Schnellzugs, und ich öffne die Augen und verlasse die Geleise und gehe zum Wald und zum Plätschern des Baches und dann immer weiter.

12

Immer wieder sage ich mir, dass dieser Wahnsinn, dem nicht nur Veronika, sondern Tausende und Millionen von Menschen zum Opfer gefallen sind und dem wahrscheinlich noch weitere Millionen von Menschen zum Opfer fallen werden, dass dieser Wahnsinn entlarvt werden muss.

Ich will dazu einen neuen Roman schreiben und mit Veronikas Geschichte zeigen, wie es soweit kommen konnte, dass wir aus unserer Kultur eine Daseinsoptimierungs-Maschine gemacht haben, in der die Familie nur noch eine nebenberufliche Unterbrechung der Produktivität ist, sekundiert von Krippen, Abtreibungen und chemischen Mitleidstötungen für die nachproduktive Phase. Ein Wahnsinn, in dem nur noch Hamsterrad-Liberale herumrennen, Fitnessstudio-Moralisten und Champagner-Demokraten. Aber ich finde keinen Verleger, der so etwas publiziert, auch wenn Lichtenberger das nicht glauben kann. Immer wieder erklären die Verlage, der Roman passe nicht ins Programm, aber in Wahrheit, denke ich, haben sie mich abgeschrieben, weil ich bei ihnen als katholischer Autor und als Islamhasser gelte. Ein Verdacht, den mir ein Freund aus Frankfurt bestätigt: die haben lieber einen liberalen Mörder im Programm als einen KK, einen konservativen Katholiken.

Dabei wissen diese Verleger gar nichts über meinen Glauben und meine Gesinnung, und das spielt wohl auch keine Rolle, denn es geht nur darum, keine solchen Risiken einzugehen. Auch wenn einige dieser Verleger vielleicht echte Ideologen sind und im öffentlichen Raum überhaupt nichts Christliches mehr verbreiten wollen, vor allem nichts Katholisches. Am Ende begehren diese Luxushotel-Sozialisten das Brainwashing und Mindfucking aller Gesellschaftsschichten, denke ich. Neben sich dulden sie keine Religion und fördern nur noch die eigenen Ergüsse und werfen alles andere in die Kehrichtverbrennungsanlage des Unzeitgemäßen, Reaktionären.

Dass das alles nicht einfach paranoides Zeug ist, zeigt sich für mich spätestens dann, als mir der Zeitungsverlag, für den ich seit Jahren arbeite, plötzlich die Kündigung auf den Tisch knallt. Angeblich weil ich Artikel zu spät liefere und plötzlich einseitig und handwerklich mangelhaft arbeite. Eine absurde Ausrede, auf die ich aber nicht eingehe, weil es offensichtlich ist, dass ich auf der Abschussliste stehe und man in Zukunft jede Gelegenheit nutzt, um das Feuer zu eröffnen.

Ich finde lange keine neue Anstellung und werde zum Gang auf das Arbeitsamt gezwungen. Später ergeben sich einige PR-Aufgaben für den Bischofsvikar, der mir schon einmal geholfen hat und dem von meiner Kündigung erzählt wurde. Gegen eine relativ gute Bezahlung kann ich für die Diözese Medienmitteilungen und Ähnliches schreiben. Dann kommt ein Wiener Sachbuchverlag auf mich zu, der eine Publikation über die Bedeutung der katholischen Kirche plant. Ich soll einen Text beisteuern und sage zu, weil auch das gut bezahlt ist und nur schon deshalb Spaß verspricht, weil ich damit meine Berufskollegen ärgern kann.

Und doch habe ich, als ich am Buch arbeite, keinen Spaß, wie mir das Schreiben grundsätzlich keinerlei Spaß mehr macht. Am Abend finde ich auch keinen Gefallen mehr an einem guten Film und schlafe weiterhin schlecht und trinke zu viel. Es wird so schlimm, dass ich aus Verzweiflung regelmäßig in die Kirche gehe: wenn nicht in die Morgenmesse, dann in die abendliche Vesper. Oft sitze ich allein in der Holzbank und blicke auf das rote Auge des Ewigen Lichtes, so lange, bis mir die Erinnerung an Veronika vorkommt wie ein Traum, den jemand anders geträumt hat, aus einem Leben, das jemand anders gelebt hat. Manchmal bete ich mit geschlossenen Augen und spüre, wie in der Nähe des Ewigen Lichts eine Luftveränderung eintritt, der Hauch einer Bewegung. Ich öffne die Augen und bemerke das kerzenhafte Blinzeln des roten Auges und sehe, dicht daneben, Veronika. Ruhig steht sie da, vielleicht wartend, vielleicht schon lange, ohne dass ich wach genug gewesen wäre, sie zu bemerken.

Ich gehe nach vorne zum Altar und nehme ihre Hand und sage ihr, dass ich jetzt nichts anderes möchte als schlafen: mit ihr zusammen neben dem Altar, unter dem Ewigen Licht, das schon so viele Gebete und Gesichter im Kirchenschiff der Jahrhunderte gehört und gesehen hat. Das Licht, auf das schon so viele geschaut haben in der Hoffnung, das Geheimnis des Glaubens möge die Wahrheit sagen und die Auferstehung eine Tür öffnen für die Liebenden, die sich auflehnen gegen den Zerfall.

Ich stehe da und halte ihre Hand und schaue in ihr Schweigen und warte und spüre unter uns das Zittern. Ein Zittern, das den Boden und die Wand und die Kirchenfenster erfasst. Ich begreife, dass es kein Erdbeben ist, sondern der Zug, der immer seinen Weg findet. Ich ziehe Veronika vom Altar weg und renne mit ihr durchs Kirchenschiff, während über uns die Zeit Risse bekommt und die Hoffnung aufflackert, dass auch wir jetzt zu den Liebenden gehören, für die das Geheimnis des Glaubens die Wahrheit sagt und die Auferstehung eine Tür geöffnet hat. Aber dann sehe und höre ich, wie der Zug mit ungebremster Wucht in die Mauer einschlägt und das Chorgestühl und die Chorschranken überflutet. Eine dröhnende rasende Todeslinie, auf welcher der Zug seit Ewigkeiten die Geschwindigkeit hält, ohne Notbremse und Zwischenhalt.

13

Wie eine feste Erinnerung spüre ich Veronikas Hand in meiner Hand, während wir aus den Trümmern des zerstörten Seitenschiffs steigen, aus dem Durcheinander der heruntergebrochenen Empore und zermalmten Beichtstühle. Wir fliehen in die nächste Stadt, die der Traum für uns bereithält, eine Stadt, in der wir keine Zuggeräusche mehr hören und eine Wohnung suchen können, die uns Schutz bietet.

Nacht für Nacht träume ich von dieser Suche und probe das neue Leben mit Veronika. Ein Leben, das erst möglich wird, wenn ich den Mut finde, am nächsten Morgen nicht mehr aufzuwachen, das ist klar. Früher oder später muss ich den Ernstfall erreichen, den Ort, an dem Veronika wartet: das Kellergeschoss des Zerfalls mit den halbierten Liebespaaren. Tausende und Millionen müssen es sein, die in diesem Zerfallskeller warten, getrennt von der anderen Hälfte, die oben sinnlos weiterexistiert und den letzten Atemzug nicht findet.

Bald, sage ich zu Veronika und zögere den Selbstmord doch hinaus. Ich wurstle mich weiter durch die Tage und suche ab und zu das Gespräch mit dem Bischofsvikar, neben Lichtenberger der einzige Kontakt, der noch etwas bedeutet. Ich gebe vor, mit dem Priester über Fragen der Trauerbewältigung sprechen zu wollen, doch in Wahrheit beschäftigt mich nur das Problem, wie ich endlich den Mut zum Abschluss finden kann.

Der Bischofsvikar redet über die Jünger Jesu', die als Fischer ihren Herrn aus dem Boot haben steigen und übers Wasser laufen sehen: Petrus, später der erste Papst und ein früher Jesus-Verräter, versagt bereits in dieser Szene, als er versucht, auf den über dem Wasser schwebenden Jesus zuzugehen. Wie sein Herr will er die Naturgesetze überwinden, aber er versinkt und würde ohne Jesus jämmerlich ertrinken.

Das Wasser ist ein Gleichnis für das natürliche Schwergewicht der Welt, erklärt der Bischofsvikar. Wenn wir wie Petrus auf das Wasser starren und nur die Natur sehen, versinken wir in der Tiefe des Todes. Aber wenn wir auf Gott schauen, der uns mit Jesus Christus über den Tod hinausheben kann, dann schaffen wir es über das Todeswasser.

Natürlich sind das Worte einer schönen Hoffnung, die ich nicht teilen, sondern gegenüber dem Bischofsvikar nur höflich zur Kenntnis nehmen kann. Auch weil ich mir, im Vergleich zu Petrus, im Grunde das Gegenteil wünsche: nicht die Rettung durch den Herrn, sondern das Versinken im Wasser. Genauso wie Veronika versunken ist und wie eine Rettung durch den Herrn, mit der Aussicht auf den Himmel, nicht den geringsten Sinn macht ohne Veronika, weil Gottes Schöpfung ohne Veronika keinen Sinn macht.

Als ich das klarstelle, nickt der Bischofsvikar, vielleicht verständnisvoll, vielleicht nur darüber nachdenkend, wie er unser Gespräch doch in eine fromme Richtung lenken kann, dorthin, wo Gott wartet wie eine Ur-Sonne, die alle Sonnen aus sich gebärt, alle Sternensysteme mitsamt den Geburtswehen der Evolution. Ein faszinierender Glaube, dieser katholische Glaube, das darf man ruhig einmal sagen. Auch gibt der Bischofsvikar zu, dass für ihn das Dasein unerträglich wäre ohne die Hoffnung, die Toten wiederzusehen: den jüngeren Bruder, ums Leben gekommen bei einem Autounfall, oder die im Altersheim verstorbene Mutter. Unerträglicher Gedanke, sie nie wiederzusehen, sagt der Bischofsvikar und versichert mir, dass er viel für mich beten werde, für die Gnade der Hoffnung, des Glaubens und der Liebe.

Bei unserem nächsten Treffen einige Tage später erwartet mich der Geistliche mit einem Exemplar des Wiener Sachbuchs über die Bedeutung der katholischen Kirche, das ich als Co-Autor mitverfasst habe. Er meint, dass mein Beitrag einen erstaunlichen Sinn für das Sakramentale erkennen lasse.

Ich erkläre ihm, dass es mir bei der Arbeit an diesem Buch nicht um eine religiöse, sondern nur um eine historische Ebene gegangen sei, nämlich um das Verhältnis zwischen Aufklärung und Christentum. Oder genauer: um die heute weit verbreitete Reduktion der Kirche auf eine antiliberale Kraft. Mit meinem Beitrag hätte ich lediglich nachzeichnen wollen, wie die Aufklärer des 18. Jahrhunderts im Kampf gegen die Aristokratie auch die Kirche zerschlagen wollten, die damals mit den Herrschern ins Bett gestiegen sei. Daher hätte man, mit den Worten des berühmten Diderot, alles versucht, um den letzten König mit den Gedärmen des letzten Pfaffen zu erwürgen. Der gesellschaftliche Einfluss der Kirche sollte verschwinden, daher durften aufklärerische Ideale wie Gleichheit oder Brüderlichkeit auf keinen Fall mit dem Christentum begründet werden, auch wenn das eine geistesgeschichtlich mit dem anderen verbunden sei. Lieber habe man das Mittelalter als Finsternis dargestellt und übersprungen, um sich aus der angeblich sonnigen Antike zu bedienen und diese so zu idealisieren, dass noch heute viele glaubten, der Geburtsort der Menschenrechte sei die Antike oder gar die Aufklärung selbst, die man sich als wie vom Himmel gefallen vorstelle. Eine schamlose Geschichtsverfälschung, sage ich zum Bischofsvikar, die ich mit meinem Beitrag entlarven wollte, nicht mehr, nicht weniger.

Der Geistliche hört mir zu mit einer warmen Freundlichkeit in den Augen, als würde er mir das rein intellektuelle Interesse nicht abkaufen und in mir einen neuen Glaubensbruder erkennen. Ich kann ihn nicht davon abbringen, wenn er meint, dass jemand wie ich, in der Glut des Zweifels, Gott näher sei als der lauwarme Kulturchrist, der für seine Gewohnheiten existiere. Wenn er sich darüber freut, dass mein Buch den, wie er es nennt, Glaubenskern des Christentums verteidigt: Das Hineintreten Gottes in die Geschichte, um die Welt mit der Feindesliebe zu revolutionieren.

Immer wieder muss ich in den kommenden Wochen an diese Worte denken und mich fragen, warum es mir dabei nicht wärmer wird, warum ich überhaupt nichts empfinde?

Trotzdem gehe ich weiter in die Morgenmesse und am Abend in die Vesper, oder sitze allein in einer der Holzbankreihen und blicke zum Altar, auf das rote Auge des Ewigen Lichts, während ich mir sage, dass das alles Unsinn ist, dass auch hier, in dieser Kirche und an diesem Altar und bei diesem Ewigen Licht, nichts als das Schweigen der Natur herrscht.

Dann denke ich an Petrus, den armen Kerl, der fast ertrunken wäre, was als Fischer ganz besonders peinlich ist. Und wieder denke ich daran, mich vom Zug überfahren zu lassen, und wache dann doch zu Hause auf, wie jeder andere Spießer auch. Manchmal gehe ich am Sonntag spazieren und beobachte auf dem Spielplatz die Kinder und die Mütter und die Väter und schaue nach oben in die wolkendurchtupfte Bläue des Himmels und sage mir: das ist schön. Zugleich weiß ich, dass es grässlich ist und noch nie so grässlich war – die Ahnung der kalten ewigen Weltraumschwärze, die unseren Planeten umgibt, mit dem Sonntagshimmel als nettem, weitgespanntem Lügenvorhang.

Zum Glück lenken mich die Aufträge für Medienmitteilungen und PR-Broschüren ab und beschäftigen mich. Offiziell bin ich immer noch erwerbslos, wobei das Arbeitsamt den Druck erhöht, damit ich meine Selbstständigkeit ausbaue und mehr Mandate übernehme. Ich schreibe Produktbeschreibungen und Medienberichte für Autohersteller und Banken oder Versicherungen, und immer wieder für die Diözese, für den Bischof und den Bischofsvikar. Ich sorge dafür, dass die konservative katholische Stimme mit einer guten Medienarbeit lauter wird, was immerhin nicht langweilig ist.

Einmal coache ich den Bischof persönlich vor einem wichtigen Auftritt. Und weil es dann bald wieder um den Islam geht, nachdem irgendwo in Frankreich ein paar Humoristen über den Haufen geknallt wurden, lädt man mich in eine Talkshow ein, in der es um die Gefahr des Islamismus gehen sollte. Aber in der Sendung sitzen zwei Frauen mit kämpferischen farbigen Brillen, die weniger den Islam als vielmehr das Christentum angreifen, besonders die katholische Kirche, die keine Frauenpriesterinnen kennt und am Zölibat festhält. Diese Frauen haben einen solchen Groll gegen die Kirche, dass wir kaum zum Thema Islamismus kommen. Sie haben offensichtlich gutbezahlte Jobs und Zugang zu großen Medien, gehen zugleich aber mit so viel Gehässigkeit auf Andersdenkende los und gebärden sich dabei derart als Opfer, dass ich die Nerven verliere und den Damen erkläre, dass heute jede Frau in einer frei gewählten Glaubensgemeinschaft Priesterin werden könne. In der ganzen westlichen Welt könne jeder, so erklärte ich, seine eigene Gender- oder Veganerkirche gründen und als familienbewusster Schwuler ein Kind über südamerikanische Leihmutterschafts-Kataloge bestellen. Niemand werde gezwungen, römisch-katholisch zu sein. So what's the fucking problem? Diesen Satz wiederhole ich in der Sendung mehrmals und staune über das Medienecho in den nächsten Tagen, in dem ich als reaktionärer Frauen- und Schwulenhasser beschimpft werde.

Lichtenberger, neben aller Sympathie für meine katholische Anarchie, wie er es nennt, warnt mich vor weiteren Auftritten dieser Art.

An einem unserer privaten Abende mit hochprozentigen Flaschen versichert er mir, dass mein Verstand wie immer gegen alle Herdentier-Bequemlichkeiten arbeite, wenn auch bis ins Kindische hinein. Dass jeder, der mich kenne, doch wisse, dass ich Schwule niemals gehasst hätte, so wie ich ihn, Lichtenberger, im Gegenteil immer nur geliebt hätte.

Auf diese Worte hin fallen wir uns in die Arme und stoßen mit einer besonders teuren Flasche an. Natürlich habe ich schon früh gewusst, dass Lichtenberger Männer begehrt. Über die Jahre hat er Veronika und mir immer wieder seine Freunde vorgestellt und sich ganz verliebt gezeigt, auch wenn es nicht von Dauer gewesen ist. Lichtenberger ist nun einmal ein leidenschaftlicher Theatermensch im lebenslangen Kampf gegen zu viel Gewohnheit. Und jetzt will er von mir wissen, ob ich eigentlich schon einmal mit einem Mann geschlafen hätte?

Wie seltsam im Grunde, dass er das erst jetzt fragt, so lange wie wir uns kennen und immer über alles gesprochen haben. Und natürlich ist mir schon der Gedanke gekommen, am anderen Ufer zu fischen. Natürlich wollte ich schon Gegenphantasien zu meinen frauenfixierten Begierden entwickeln, aber es ist mir nie gelungen.

Wie tragisch!, seufzt Lichtenberger und sieht dabei plötzlich sehr müde aus, und wahrscheinlich nicht einmal wegen diesem Abend. Nein, plötzlich denke ich, dass Lichtenberger besorgt aussieht. Er muss seit Jahren meinen Niedergang mitansehen und leidet darunter, denke ich, mehr als er zugibt.

14

Tatsächlich kommt Lichtenberger bei der nächsten Flasche auf den Selbstmord zu sprechen. Er meint, dass er sich gut vorstellen kann, wie ich mit dem Gedanken spiele, Veronika zu folgen, auch wenn es nicht so einfach sei, Schluss zu machen, weil der Körper die eigene Vernichtung scheue.

Gott sei Dank, sagt Lichtenberger, sei die Menschheit bis in die unterste Wurzel der Evolution davon beherrscht, sich zu vermehren statt zu verschwinden. Niemand außer den Kitschphilosophen und den Kitschproduzenten gewisser Liebesromane oder Musicals hätten dem Menschen je versprochen, dass das Leben eine glückliche Sache sei. Nicht einmal die Weltreligionen, nach Jahrhunderten des Blutvergießens noch immer überzeugt vom Happy End der Gerechten, hätten die Behauptung gewagt, die Wirklichkeit des Lebens spiele sich jenseits von Gewalt und Leid ab. Das klassische Drama, ruft Lichtenberger, zeigt uns die Wahrheit! Veronika, meine Schwester, die ich jeden Tag vermisse, die ich so geliebt habe!

Auf diese Worte hin muss ich weinen, wie auch Lichtenberger weinen muss und dann die nächste Flasche aufmacht. Als wir uns wieder beruhigt haben, stellt mein Freund klar, dass er mit der Kirche des Bischofs, den ich ab und zu berate, überhaupt nichts anfangen kann, dass er aber meine katholische Anarchie unterstützt, weil ich damit öffentlich anecke. Besser die Gesellschaft anpissen statt unter den Zug, sagt Lichtenberger. Besser die katholische Resistance als ins Grab.

Die katholische Anarchie, sage ich, wäre das nicht ein Theaterstück gegen die Optimierungspolitik der humanistischen Sonntagsficker? Auf der Bühne zeigen wir revolutionäre Lederjacken-Exorzisten auf Motorrädern. Wir zeigen glattrasierte Techno-Priester mit tätowierter Gottgefälligkeit. Wir zeigen Nonnen, die in den seelischen Slums unserer Wohlstands-Citys Erlösung verteilen.

Genial, nickt Lichtenberger. Das müssen wir aufführen, sagt Lichtenberger. Auch wenn das Zürcher Schauspielhaus bis Ende nächsten Jahres hoffnungslos ausgebucht ist, auch wenn wir Geduld haben müssen, dieses Stück lohnt sich, mein Freund! Schreib dazu einen Entwurf oder eine literarische Vorlage.

Nicht, dass ich ernsthaft an dieses Projekt glaube, aber nach ein paar verregneten Tagen zwischen neuen Aufträgen für den Bischofsvikar und den üblichen schlaflosen Stunden zu Hause, kommt mir jeder Versuch lächerlich vor, überhaupt noch etwas anderes zu machen als den nächsten Tag einfach hinter mich zu bringen. Ich will auch keine Leute mehr treffen, vor allem keine ehemaligen Redaktionskollegen. Oder meine Eltern, denen ich sowieso egal bin, oder fremde Leute in einer Bar, die auch nur versuchen, ihre Verzweiflung mit überteuertem Fusel zu überschütten. Sinnlos das alles, wie es vielleicht schon immer sinnlos gewesen ist, auch wenn uns in jungen Jahren, im anfänglichen Lebensschwung der Naivität, nicht bewusst gewesen ist, dass Beziehungen nur ein Trick der Evolution sind mit dem Ziel der Fortpflanzung. Sonst ist da nichts, sonst kann man jedem Glücksversprechen getrost den Laufpass geben und sich verabschieden. Das ist es, denke ich, das wird Lichtenberger gefallen!

Ich setze mich hin und beginne zu schreiben, ein Manuskript mit dem Titel *Der Abschied*. Die vollkommen frei erfundene Geschichte eines Witwers, der sich zuerst gegen die eigene Todessehnsucht wehrt und den sogenannten Lebensmut, eine Erfindung von Existenzbeschönigern, wiederfinden will, es aber nicht fertigbringt, sich weiter über die Jämmerlichkeit der Gesellschaft anzulügen und seiner Frau schließlich ins Jenseits folgt. Mit ein paar Aufputschmitteln schreibe ich so schnell wie lange nicht mehr und denke plötzlich: Das wird ein langer Selbstmord-Abschiedsbrief, getarnt als Roman!

Ich kann nicht mehr sagen, wie lange ich an dem Text gearbeitet habe, ich weiß nur noch, dass plötzlich der letzte Satz aus mir herausgekommen ist und ich überrascht gewesen bin, diesen Satz zu sehen, und erst so – weil sich dieser Satz nicht mehr länger nur in meinem Inneren befunden hat – zu erkennen, dass es sich tatsächlich um den letzten Satz handelt, und zwar um den einzig möglichen letzten Satz. Und zwar nicht nur für das Manuskript, denke ich, sondern überhaupt für mein Leben als Schriftsteller, weil es ganz fürchterlich und vollkommen undenkbar wäre, meiner Karriere auch nur ein einziges Wort hinzuzufügen.

Sicher wird es zuerst Lichtenberger sein, denke ich, der später meine Wohnung betritt und das Manuskript entdeckt, nachdem man unsere Familien über meinen Tod informiert hat. Es war eine gute Zeit, denke ich und sehe mich in jedem Zimmer noch einmal um. Dann lege ich mich aufs Bett und warte, bis das Licht, das durchs Fenster neben dem Spiegelschrank einfällt, sich verändert, bis die Schattenfarben der Dämmerung auf mich herabsinken und alle Gegenstände abdunkeln, so wie die Häuser und Menschen draußen in der Stadt.

Als es soweit ist, stehe ich auf und stelle mich vor den Spiegelschrank, vor dem Veronika so oft gestanden ist, die halb bekleidete, nackte, glückliche, todestraurige Veronika. Ich stehe da und betrachte den Mann im glänzenden Dunkel der Oberfläche und sage gute Nacht und verlasse das Schlafzimmer und die Wohnstube und die Wohnung und gehe draußen in Richtung Bahnhof und dann weiter – weg von den Menschen, bis ich die Stelle erreiche, an der es Veronika möglich gewesen ist, die Geleise zu betreten.

Ich betrachte den Wald und höre das Plätschern des Baches und schließe die Augen und denke, dass hier nirgends mehr die Angst oder die Feigheit warten, kein Widerstand des Körpers, kein Herzklopfen. Alles ruhig, friedlich. Ich öffne die Augen und höre das Geplätscher und sehe die Geleise, die den Schnellzug aus östlicher Richtung zum Bahnhof führen. Genau in der Mitte warte ich und denke an einen Traum mit einem Wald wie diesem, aus Tannen- und Kastanienbäumen. Ein Traum, durch den der Bach strömt wie die kalte Sicherheit, dass alles seine Richtigkeit hat.

Tatsächlich gibt es hier nichts, das ich im Gefühl der Niederlage oder im Ärger zurücklasse. Ich gehe nicht, weil mir die Welt nicht passt, weil die Menschen unerträglich sind mit ihrer wehleidigen Grausamkeit. Ich gehe nicht, weil ich um ein besseres Leben betrogen worden bin. Die Liebe habe ich gehabt und den Luxus, mir gegen Geld Gedanken über uns zu machen und diese Gedanken aufzuschreiben für eine

Zeitung, die viele lesen. Aber diese Gedanken über die Gesellschaft sind ans Ende gekommen, und ich gehe, nicht weil mich diese Gesellschaft auf die Palme bringt, sondern weil sie es nicht mehr tut, weil sie mich nichts mehr angeht. Ich gehe, weil ich weiß, dass sich jetzt alles nur noch wiederholen wird mit der immer gleichen Melodie unter der Oberfläche der immer gleichen, gefälschten Neuigkeiten.

Ich gehe, weil ich glücklich bin, denke ich, und höre aus östlicher Richtung den Schnellzug. Ich will nicht warten auf den nächsten Sommer und die nächsten Pläne ohne Veronika. Es ist gut, denke ich, während der Zug lauter wird und mich doch für einen Moment die Angst packt und sich die Herzschläge ausbreiten wie Hitzewellen.

Es tut nicht weh, denke ich, und spüre den Lärm mit dem Zittern unter den Füßen und will mich von der Panik wegzerren lassen und bleibe doch stehen und fühle den Donner und sehe nach oben in den Himmel zu den Sternen, die längst nicht mehr existieren und in der Vergangenhcit des Weltraums brennen wie hellblaue Stecknadelköpfe.

15

Dann verschwindet der Sternenhimmel. Auch der Wald und die Geräusche des Bachs verschwinden, und mir wird bewusst, dass ich meine Augen geschlossen habe. Seit wann?

Ich öffne die Augen und sehe, dass ich mich auf einem Friedhof befinde, der aussieht wie der in Zürich, wie der Friedhof, auf dem Veronika liegt. Ich schreite über den Pflastersteinweg, der durch das Gräberfeld führt.

Es ist nirgends jemand zu sehen, kein Mensch, während ich immer weitergehe und denke, dass das alles nicht sein kann, dass ich mich wahrscheinlich nie auf die Schienen gewagt habe an der Stelle in der Nähe des Waldes, dass mich der Zug auch gar nie erwischt hat und ich in Wahrheit zu Hause liege und das alles nur träume.

Vor Veronikas Grab bleibe ich stehen und stocke, weil sich daneben ein Grabstein mit meinem Namen befindet. Das ist natürlich zum Lachen, obwohl dieser Friedhof genau mein Ding ist, wenn ich eines Tages den Mut finde, nicht am Leben zu bleiben.

Ich verlasse den Friedhof und überlege, ob ich es, als lebenslanger Feigling, im Grunde nicht verdiene, für immer durch solche Hirngespinste zu irren? Ich überlege, dass ich trotz eines sinnlosen Daseins nie den Absprung geschafft habe. Dass es bei mir, bei aller Klugscheißerei, nur zum

Loser gereicht hat, zum gescheiterten Katholiken und Teilzeitromantiker. Aus reiner Gewohnheit bin ich durch meine Tage gegangen und habe auf Lichtenberger gehört und diesen dummen Abschied geschrieben, der nie ein ernstzunehmender Abschied gewesen ist, sondern ebenfalls nur Gewohnheit.

Aus dieser gleichen Gewohnheit heraus habe ich mich von Lichtenberger überreden lassen, immer weiter zu existieren. Monat für Monat habe ich weitergemacht und bin dann mit Lichtenberger zu diesem Kulturanlass in Berlin gegangen, der ihm so wichtig war, ist es nicht so?

Längst habe ich den Friedhof verlassen und befinde mich auf einer Straße, die mir nichts sagt. Ich blicke zum wolkenfarbenen Himmel und denke an das Flugzeug nach Berlin, das ich genommen habe, um mit Lichtenberger den Anlass zu besuchen.

Ich erreiche eine Stadt und bleibe stehen. Wo bin ich? Ich sehe die Häuser und betrachte die Türen und Fenster und Dächer, die zu Zürich gehören könnten, oder zu Berlin, oder zu einer anderen Stadt, wer weiß.

Ich gehe zwischen den Häuserreihen umher und sehe immer noch keine Menschenseele und denke, dass ich verloren bin, dass ich mich im eigenen Straßenlabyrinth verirrt habe. Ich rüttle an den Haustüren, die alle abgeschlossen sind. Bis ich eine Bar finde, deren Tür offensteht.

Es handelt sich um ein altmodisches, irisch angehauchtes Lokal, das mir etwas sagt, vielleicht aus der Erinnerung an einen Ausflug mit Veronika? Aber auch in diesem Lokal ist kein Mensch zu sehen.

Vorne über dem Tresen befindet sich ein Fernsehgerät. Auf dem Tresen Biergläser, Chips- und Erdnussschalen. Im

Fernsehen läuft die Reportage zu einem dramatischen Vorfall: Polizeiautos in der Nacht, schnell herangezoomte Ausschnitte eines von Scheinwerferkegeln umkreisten Gebäudes. Es folgen Szenen aus dem Inneren des Gebäudes, in der Hauptrolle Hamed S., der mit seinem Bart in die Kamera blickt, das Schwert im Gürtel, unter der grauschwarz gemusterten Weste, auf der Knöpfe blinken. Im Hintergrund weitere Leute mit Kalaschnikows und Go-Pro-Kameras.

Ich erinnere mich an die dunkelgrünen Plastiktüten, in welche die Geiseln ihre Smartphones, Brieftaschen und Blackberrys legen mussten. Ich bin dabei gewesen, kann aber nicht sagen, was am Ende geschehen ist. Ich muss meinen Freund Lichtenberger finden, denke ich.

Ich verlasse das Lokal. Immer noch sagen mir die Häuser und Straßen draußen nichts. Aber die Wolkenfarben des Himmels verändern sich und werden heller. In der Luft sammeln sich neue, frische Erwartungen, die mich in mein Jugendquartier versetzen.

Ich kann mein Elternhaus sehen und warte, bis mein Vater im Vorgarten erscheint, mit Anzug und Krawatte, dann die Mutter, ebenfalls im Business-Dress, wie oft am Morgen, wenn sie das Haus verlassen und mich in die Schule oder in die Krippe verabschiedet haben.

Ich bemerke die frisch geduschte Anspannung in ihren Gesichtern und denke, dass sie im Grunde nichts dafür können, dass sie es irgendwie versucht haben, so wie ich es auf meine Weise versucht habe, und dass wir schließlich alle, jeder auf seine Weise, gescheitert sind.

Trotzdem habe ich euch gebraucht, denke ich und muss dabei fast weinen. Und meine Mutter, als würde sie es spüren, kommt zu mir und umarmt mich, gefolgt von meinem

Vater. Das ist der Abschied, sage ich. Ich muss nach Berlin ins Kulturhaus.

Meine Mutter nickt, als wäre nichts Besonderes dabei, und schaut auf ihr Handy, aber mein Vater scheint für einen Moment verunsichert. Er fragt etwas, aber ich kann ihn nicht verstehen, als würden sich seine Lippen nur stumm bewegen. Egal, es gibt sowieso nichts zu sagen: Lieber halte ich ihn noch einmal fest. Wie gut das tut, wie schnell über uns die Wolken dahinjagen.

Als meine Eltern ins Auto steigen, mache ich mich ebenfalls auf den Weg, das heißt: auf den Schulweg, den auch die anderen Quartierkinder immer nehmen und mit denen ich den Briefträger ärgere, wenn er mit dem Motorrad kommt und wir Kieselsteine nach ihm werfen, abgefallene Pflaumen und Kastanien. Wir ärgern den Hund der Nachbarin, der hinter dem Gitter seines Gartenplatzes bellt und den wir vermissen, wenn er eines Tages nicht mehr da ist, überrollt von einem Lastwagen.

Wir lachen auf dem Weg in die Schule über den Riss in der Hose eines Jungen, durch den wir die gemusterte Unterhose sehen. Nur Veronika und Lichtenberger sind nicht dabei – warum? Ich verlasse die Gruppe, um meine Freunde zu suchen.

Vielleicht sind sie auf dem verlassenen Güterbahnhof, auf dem wir Zeit verbracht haben, um mit der Liebe Verstecken zu spielen und im Schneidersitz Erlebnisse auszutauschen, mit geklauten Zigaretten und Bierflaschen. Wir konnten Pläne in die Luft malen, doch jetzt bin ich allein in der Stille des Güterbahnhofs.

Ich suche weiter und finde die Straße, an der sich Veronikas Elternhaus befindet. Sobald ich vor dem Haus stehe, kommt Veronikas Mutter zu mir nach draußen, das Gesicht so schön, dass ich staune und denke, vielleicht zum ersten Mal seit ich sie kenne, wie sehr sich doch Veronikas Schönheit der Schönheit der Mutter verdankt. Dass die Schönheit von Veronikas Mutter sogar tiefer und ruhiger ist, und dass es wunderbar sein muss, eine solche Frau zu lieben. Mit großen Augen steht sie da. Augen, die friedlich sind und mir zeigen, dass ihr bewusst ist, dass wir uns nie wiedersehen werden.

Wir warten, bis es vorbei ist, bis der Moment gekommen ist: ein Lufthauch so weich, als hätten die Jahreszeiten, die alles bestimmen, überhaupt keine Macht mehr.

Als ich weitergehe, auf der baumgesäumten Straße, spüre ich den Sommer auf der Haut. Ich erinnere mich, wie gern Veronika im See in der Nähe geschwommen ist. Wie aufregend es war, sie auf der Wiese am Ufer liegen zu sehen und selber dort zu liegen und die Welt wach und unmittelbar zu empfinden. Das ist alles vorbei, denke ich und gehe weiter, während ich mir sage, dass es für mich nichts anderes mehr zu erledigen gibt, nur noch Berlin. Aber dann sehe ich das Gebäude des Zeitungsverlages, in dem ich gearbeitet habe.

Der Chefredakteur kommt mir auf der Straße entgegen, gefolgt von den Kollegen. Ich sage ihnen, dass ich keine Zeit mehr habe. Ich sage ihnen, dass ich nicht mehr wütend bin und verstehe, dass ich jetzt alles hinter mir lassen will.

Ich nehme die Hand des Chefredakteurs und schüttle sie, um mich auch von ihm zu verabschieden. Für einen Moment spüre ich seine Überforderung oder Überraschung und werde von der alten Wut erfasst. Weil ich mir sage, dass diese Leute vollkommen durchschnittlich denken und funktionieren und sich nie getrauen, sich ernsthaft anzulegen mit der Mehrheit, die sie in ihre Durchschnittlichkeit hineingezwungen hat. Dass diese Leute intellektuelle Waschlappen und Mitläufer sind und sich doch immer wieder als kritische Zeitgenossen darstellen, immer wieder auf den Schwingen dieses Selbstbetruges Karriere machen und die Macht erlangen, Leute wie mich auf die Straße zu stellen und uns Steine in den Weg zu legen, allein aus Angst und Selbsterhaltungstrieb. Ich drücke, so fest ich kann, die Hand des Chefredakteurs, bis über uns die Wolken explodieren und uns mit Regen überschütten. Ich zeige den Kollegen die Faust, die ich in ihre triefenden, dumm glänzenden Gesichter schlagen will. Ich sehe die nassen Haare, an denen ich sie packen und über die Straße schleifen will, durch das herunterdonnernde Wasser, das von den Autodächern und Gehsteigen zurückspritzt.

Und dann eilen alle in das Verlagshaus und suchen den Konferenzraum auf, und auch ich eile mit ihnen in das Verlagshaus, weil ich denke, dass ich unbedingt dabei sein muss.

Jeder setzt sich an seinen Platz und diskutiert mit dem Blattmacher die aktuellen Meldungen für Inland und Wirtschaft und Sport. Als das Ausland an die Reihe kommt, erzählt der Ressortleiter von der Terrorattacke in Berlin, um die sich die Titelseite drehen wird. Der brutalste Anschlag auf europäischem Boden, das kann man gemäß Chefredakteur jetzt schon sagen: mehr als siebzig Tote, darunter Größen aus Politik und Kultur, Mitglieder des Sonderkommandos und Medienleute.

Ein Ereignis, das Jahre, wenn nicht Jahrzehnte nachwirken wird, so die Redaktionskollegen mit professioneller Betroffenheit. Man redet über die passende Fotoauswahl für die Kommentare und Einschätzungen mitsamt der über die Woche verteilten Planung des passenden Nachrufs auf die wichtigsten erschossenen oder geköpften Berühmtheiten.

Man redet und streitet, wie es sich für große Ereignisse gehört, und dann stehe ich von meinem Platz auf und will wissen, ob Lichtenberger und ich ebenfalls getötet wurden, ob jemand eine Namensliste der Opfer zur Hand hat.

Nein, darüber scheint keiner zu verfügen. Man warte noch auf diese Informationen, heißt es, und überhaupt sei man jetzt im Stress.

Auf Wiedersehen, sage ich, aber auch darauf reagiert niemand, also verlasse ich das Gebäude und überquere draußen die Straße. Nach einer Weile komme ich an einer Kirche vorbei. Ich steuere darauf zu und betrete das Gotteshaus: vielleicht nur, um sicher zu gehen, dass drinnen nicht Veronika auf mich wartet. Ich begebe mich zum Altar, zum roten Auge des Ewigen Lichts, und sehe den Bischofsvikar. Er sitzt in der vordersten Bank.

Ich setze mich dazu und sage ihm, dass ich dankbar bin für alles, was er getan hat, dass er immer wieder versucht hat, mir Hoffnung zu machen und mir zu helfen. Dankeschön, sage ich und bemerke die Müdigkeit des Seelsorgers. Ruhig sitzen wir da, bis die Traurigkeit unter uns im Boden versickert ist, bis wir uns leichter fühlen. Bis das rote Auge des Ewigen Lichts sich regt und mir der Bischofsvikar zu verstehen gibt, dass es nicht mehr weit ist und er für mich beten wird, so wie er immer für mich gebetet hat.

Draußen vor der Kirche sehe ich, dass es inzwischen Nacht geworden ist, dass der Himmel über der Stadt schwarz ist. Ich gehe weiter und sehe in der Ferne das Berliner Kulturhaus.

16

Ich sehe Reporter, TV-Übertragungswagen und, hinter einer Absperrung, Zuschauer. Ich sehe die dunkel gekleideten Männer des Sonderkommandos, die vor dem Gebäude Position bezogen haben und auf den Einsatzbefehl warten. Jedenfalls ist das mein Gedanke, als ich mich nähere und mir auffällt, dass kein Mensch auf mich achtet.

Ungehindert komme ich durch das alarmierte Gedränge und bleibe vor dem Eingang des Kulturhauses stehen, in der Annahme, dass die Terroristen die Türe verriegelt haben und Wachposten einsetzen, die aus dem Fenster feuern oder sich in die Luft sprengen, sobald ein Sturmversuch unternommen wird. Trotzdem kann ich die Eingangstüre ohne Probleme öffnen, und auch in der Lobby ist niemand zu sehen, alles ruhig.

Erst im Korridor gegenüber der Garderobe sind Schüsse zu hören, wahrscheinlich aus dem großen Saal. Aus dieser Richtung kommt jetzt Lichtenberger auf mich zu, und ich will von ihm wissen, ob wir wirklich hier bleiben müssen, ob wir am Ende nicht überlebt haben, ob wir keinen Ausweg gefunden haben?

Ich stelle meinem Freund diese Fragen und blicke in seine Augen und begreife plötzlich, dass es sinnlos ist, weil diese Augen, die sehr groß und ruhig und schwarz sind, gar nicht zu Lichtenberger gehören und nie zu Lichtenberger gehört haben und es sich wahrscheinlich auch nicht um Menschenaugen handelt.

Es ist der Tod, denke ich und renne weg und versuche durch verschiedene Türen zurück ins Freie zu gelangen, doch wie viele Türen ich auch ausprobiere, immer wieder finde ich mich im gleichen Korridor vor der gleichen Gestalt wieder, die nicht Lichtenberger ist und nie Lichtenberger gewesen ist. Aber ich will nicht aufgeben und suche weiter und lande schließlich im großen Saal.

Im Hintergrund glänzt die Spiegelwand mit den Einschusslöchern, vor den blumengesäumten Tischen sitzen die Geiseln. Ich sehe Hamed S. mit dem Team des Ersten Deutschen Fernsehens, die neben den mit Gewehrkolben zu Tode geschlagenen Modeschöpfern H. & I. stehen, zwischen Blutlachen und Blutklecksen und kreuz und quer verlaufenden Blutstriemen, wobei Hamed S. mit dem Smartphone alles filmt, wie auch zwei seiner Brüder mit den Go-Pro-Kameras alles filmen, vermutlich für den Online-Videostream.

Sicher kommt gleich das Sonderkommando, denke ich und beobachte, wie man den berühmten Dirigenten Y. und den Shakespeare-Darsteller Z. nach vorne bringt und die Kameras und Kalaschnikows auf sie richtet und, erleuchtet vom TV-Scheinwerferlicht, Dutzende von Kugeln in ihre Körper jagt. Es geht alles sehr schnell, ohne das Verlesen einer Anklageschrift oder die Nennung ihrer Namen, weil die Täter diese Namen oder die genauen Gründe für die Hinrichtung nicht kennen oder nicht wichtig genug finden.

Dann lässt Hamed S. seinen Blick durch den Saal streifen und streckt den Arm aus, um mit dem Finger auf einen kleinen glatzköpfigen Mann zu deuten, den ich erst auf den zweiten Blick erkenne: ein Komiker, der unter den Geiseln bisher nicht aufgefallen ist und der seine scharfzüngigen Witze im Fernsehen nicht nur gegen Nationalisten, Rassisten und Politiker abfeuert, sondern auch gegen die Religion, besonders gegen Christentum und Islam. Mich erstaunt, mit welcher Kraft und Wendigkeit sich der Komiker, der in seiner Show meist schmächtig und zerbrechlich wirkt, zur Wehr setzt, wie oft er sich den Terrorbrüdern entwinden kann oder zu Boden fallen lässt, um nach links oder rechts zu robben und sich an einem Tischbein festzuhalten, damit sie es nicht schaffen, ihn vor die Kamera zu zerren.

Keine Witze!, ruft er den Terroristen zu und möchte ihnen vielleicht versprechen, dass er sich in Zukunft nicht mehr lustig machen wird über den Islam oder die Scharia, erst recht nicht über Mohammed. Kein Witz!, ruft der Komiker und, falls die Brüder kein Deutsch verstehen: no joke, no comedy! Als Antwort schlagen sie mit den Gewehren auf seine Hände und Arme, damit er sich nicht mehr festhalten kann. Sie reißen ihn hoch und zerren ihn nach vorne und zücken, sobald sie im Scheinwerferlicht stehen, ihre Schwerter. Sie warten auf Hamed S., der sich ans Publikum wendet.

Dieser Mann sei eine widerliche Schlange, sagt er, weil er auf Frauen und Männer des Glaubens immer nur gespuckt habe, auf alle Menschen, die Allah liebten und für das Geschenk des Lebens dankten. Nie habe dieser Mann etwas anderes geboten als die Beleidigung und Erniedrigung jener Menschen, die besser seien als er, als die Beleidigung und Erniedrigung jener Menschen, die in ihren Gedanken – anders als er – kein böses Schlangengift ausgebrütet hätten, und die aus ihrem Herzen – anders als er – keine Grube des Hochmuts gemacht hätten.

Und damit rammt Hamed S. sein Schwert in den Bauch des Angeklagten und dreht es herum und zieht es nach oben und dann heraus und schaut zu, wie der Komiker die Hände auf die Wunde presst und versucht, das Blut und die Organe drinnen zu behalten. Bis ihn die Glaubensbrüder zu Boden drücken und eine Zange holen und ihm den Mund aufreißen und mit der Zange seine Zunge festhalten und ihm diese Zunge abschneiden wollen. Aber sie kommen nicht dazu, diese Arbeit zu verrichten, denn plötzlich zittern Boden und Wände von einer Explosion in der Nähe, vielleicht draußen im Korridor.

Das Sonderkommando, denke ich und sehe kurz darauf die Gestalten kommen, mit Helm und Schutzmaske und Schutzpanzer, die Maschinenpistole voraus. Sofort und ohne zu zögern, als hätte er den ganzen Abend auf diesen Moment gewartet, rennt Hamed S. den Beamten entgegen und ruft Allahu Akbar! Er feuert ihnen in die Beine, die ungepanzert sind, und bringt zwei Beamte zu Fall und reißt zwei weitere mit sich und aktiviert die Sprengstoffweste.

Von dem blitzfarbenen Donnerschlag, der nach oben in die Decke fährt, werden alle in Stücke gerissen. In Stücke gerissen und mit den Kristallscherben und Metallteilen des Kronleuchters durch den Raum geschleudert, zusammen mit Holzsplittern und Kleiderknäueln, mit Ausrüstungs- und Fleischfetzen. Es regnen glühende, rauchende Teile herunter, aus dem dampfenden Qualm eines Kraters, der sich direkt über uns befindet. Ich kann alles sehen, aber nicht sagen, wie ich auf dem Boden gelandet bin und wie lange ich auf dem Rücken liege und ob ich richtig höre, dass jetzt überall im Saal geschossen wird, ob ich richtig höre, dass weitere Sprengstoffwesten gezündet werden.

Ich muss das Bewusstsein verloren haben und versuche wieder hochzukommen. Zuerst sind meine Beine wie betäubt und geben nach, aber dann halte ich mich an einem umgekippten Stuhl fest und richte mich auf, umgeben von Rauchwirbeln, die über den Boden tanzen. Ich erkenne Geistesgrößen aus dem Deutschen Feuilleton, die versuchen, sich unter einem Tisch zu verstecken, andere stehen da und rufen etwas. Ich muss ausweichen, weil ein Stück Arm am Boden liegt, und dann ein von der Explosion abgerissener Kopf, am Stirnband immer noch die Go-Pro-Kamera, die wahrscheinlich weiterfilmt.

Ich kann nicht sagen, aus welcher Richtung oder in welche Richtung geschossen wird und fliehe zuerst nach vorne, zur Eingangstür, die nur zu erahnen ist hinter den Flammen. Ich gehe rückwärts, zurück in die Mitte und von dort zur Spiegelwand, wo der Rauch nachlässt und wo andere Geiseln sind. Jemand ruft, dass wir es über die Seitentür versuchen sollen, also machen wir uns auf die Suche, aber wir finden keine Tür.

Einmal erkenne ich, verletzt am Boden, den international bekannten Schweizer Tennisstar, in seinem weißen Anzug. Ich möchte ihm helfen, doch jemand feuert mit der Maschinenpistole immer genau auf diese Stelle. Vielleicht weil die Islamisten den berühmten Schweizer Maestro unter allen Umständen erwischen wollen, bevor der Abend vorbei ist, vielleicht aber nur, weil der weiße Anzug ein gut sichtbares Ziel darstellt.

Mehrmals versucht der Weltsportler aufzustehen und fällt zu Boden, so geschickt und schnell, dass ich mich frage, woher er die Kraft nimmt. Wie in einem Turnier wirbelt er herum und bewegt die Arme, als wolle er die Kugeln gleichzeitig auffangen und sie, mit einem unsichtbaren Schläger, als Tennisbälle zurückschicken in die andere Hälfte des Saals. Zurück zum Islamisten, der weiterfeuert und den Maestro so oft trifft, bis fast der ganze Anzug rot ist und das Gesicht und der halbe Kopf zerstört daliegen, während der rechte Arm immer noch weitermacht: Aufschlag, Volley, Smash.

Doch vielleicht stimmt das gar nicht und kommt nur vom Rauch, der mich schwindlig macht und mich zum Husten bringt und der auch die anderen vor mir oder hinter mir zum Husten bringt. Und vielleicht gehen wir inzwischen jeder für sich weiter und suchen nicht mehr nach einem Seitenausgang. So wie wir auch nicht mehr sagen können, von wem die Kugeln kommen, die immer wieder ins Parkett schlagen, in die zusammenzuckenden, hochspringenden Tische und Blumen und Teller – ob es nur Islamisten-Kugeln oder auch Sonderkommando-Kugeln sind. Und vielleicht streift mich am Ohr ein Lufthauch, bevor der Literaturkritiker, den ich kenne und der die Hand nach mir ausstreckt, getroffen wird. Vielleicht muss ich über mehrere verletzte und zerfetzte Körper steigen. Und vielleicht bewegen wir uns dabei längst im Kreis als Teil eines unbewussten Terrorballetts.

Hinten an der Wand erkenne ich den Spiegel mit den Einschusslöchern. Ich erkenne das zersplitterte, zerstückelte Bild unserer Bewegungen. Zersplitterte, zerstückelte Szenen einer Falle, die für immer zugeschnappt ist über dem zersplitterten, zerstückelten Leben, von dem trotzdem niemand lassen will und das wir ins Freie hinausretten möchten, durch einen Ausgang, den es nicht gibt.

Und vielleicht höre ich plötzlich auf, dagegen anzukämpfen und löse mich von der Gruppe. Vielleicht bleibe ich einen Moment im Rauch stehen und bewege mich dann auf den

Spiegel zu, bis ich vor der Wand stehe und die Oberfläche berühren kann.

Bis ich im Spiegel sehen kann, wie eine weitere Sprengstoffweste gezündet wird und daraus ein schwebender Feuerbaum entsteht: mit goldenen und roten und rauchschwarzen Flecken, mit herabtropfenden Flammenblättern und Ästen, die sich knisternd nach allen Seiten ausstrecken und an den Wänden entlangkratzen. Die an unseren Körpern und Schuhen schnuppern, an Tischtüchern und hochprozentigen Flaschen, bis alles auseinanderplatzt und das Feuer auf Arme und Haare spritzt und in die Schultern und Brustkörbe beißt.

Ich weiß nicht, wie lange ich vor dem Spiegel stehe und wann ich weiter durch den Rauch gehe. Ich weiß nicht, warum ich nicht längst getroffen worden bin oder vom Feuer erwischt werde, und warum mich auch der Rauch nicht aufhalten kann. Und ich weiß nicht, wann ich Veronika sehe. Veronika mit den langen schwarzen Haaren und dem Kleid, das sie im Sommer getragen hat.

Sie nimmt meine Hand und führt mich weg, während ich denke, dass ich müde bin und wahrscheinlich auch sie müde ist, und zwar schon so lange, dass es mir unmöglich vorkommt, und aus Gründen, die mir bis heute, bis zu diesem Augenblick, unverständlich geblieben sind. Und ich denke, dass wir jetzt nach Hause gehen, um uns auszuruhen, aber dass ich sie vorher küssen und dann neben ihr auf dem Bett liegen werde, um mir für immer einzuprägen, wie sie im Traum atmet und sich bewegt und wie ihr Gesicht dabei aussieht.

Ich bin sicher, dass Veronika weiß, wohin wir gehen, welche Tür wir nehmen müssen auf unserem Weg. Ich folge ihr, bis sie stehen bleibt. Wir setzen uns auf den Boden, der sich weich anfühlt wie auf einer Wiese, und ich sehe über uns den schwebenden Baum aus Feuer, der mich an die Explosion erinnert, aber nur für einen Moment. Dann spüre ich unter meinen Füßen die Wiese und sehe die Bäume unten am See.

Sie rettet uns, denke ich und spüre zugleich, wie die Kraft des Gedankens aus mir heraustropft. Und ich sehe, wie sich Veronika über mich beugt und denke dabei ans Wasser, an die Stimmen am Ufer jener Zeit. Ich höre das Plätschern in der Ferne und das Gelächter, während sie über meinen Kopf streichelt und über meine Haare und ich ihr sagen will, wie grausam ich sie vermisst habe.

Über den Autor

Giuseppe Gracia wurde 1967 als Sohn eines sizilianischen Vaters und einer spanischen Mutter in St.Gallen geboren. Er lebt dort mit seiner Familie als Schriftsteller und Kommunikationsberater.
Publizierte Romane: «Riss» (1995, Saiten), «Kippzustand» (2002, Nagel & Kimche) und «Santinis Frau» (2007, Amman Verlag).
Er schreibt regelmäßig Beiträge in renommierten Medien und betreut als Kommunikationsberater verschiedene Mandate, u.a. für das Bistum Chur.
Homepage: www.giuseppe-gracia.com

Die Lebensgeschichte einer außergewöhnlichen Frau

Markus Lumpert

Frida

Roman

«Frida» erzählt die Geschichte einer Frau, die auf der Schwelle des 19. zum 20. Jahrhundert auf einem Hof in der Ostschweiz aufwächst und mit der Gegend für den Rest ihres Lebens verbunden bleiben wird. In einem Leben, das gleichermaßen von gesellschaftlichen Restriktionen und Umbrüchen beeinflusst wird, wird sie von der Geliebten zur Ehefrau, Mutter und Beraterin ihres Mannes und prägt als «mater familiae» das Leben ihrer kleinen Familie.
Es ist das Leben einer Frau, die ihre Selbstbestimmtheit in einer Welt findet, die das Wort Emanzipation nicht kennt.

Softcover | 128 Seiten | ISBN 978-3-99018-385-4

Schräges und Humoriges, spontan hingeworfen

Giorgio Avanti

Bourgeoiserien

Kurzgeschichten

Die groß- und kleinbürgerlichen Episoden aus dem Umfeld der fiktiven Figur Jakob sind im 20. und 21. Jahrhundert angesiedelt, aus dem Leben gegriffen, gesellschaftskritisch, skurril, schmerzlich, aber auch lustvoll und komisch. Es geht um das Schicksal von Fahrenden und von Homosexuellen, um die Irritation zwischen Katholizismus und Protestantismus. Aber auch um Alltags- und Beziehungsbilder, Geschichten von Untreue, Verzweiflung und Bigotterie, allerhand schräge Beobachtungen, humorige Reiseberichte und Betrachtungen aus dem Innenleben des Schreibers.
Die Geschichten sind teils autobiografisch, aus der Vergangenheit und dem Jetzt notiert, spontan hingeworfen oder vom Hörensagen nacherzählt.

Hardcover mit Schutzumschlag | 124 Seiten | ISBN 978-3-99018-395-3

BUCHER Verlag · www.bucherverlag.com